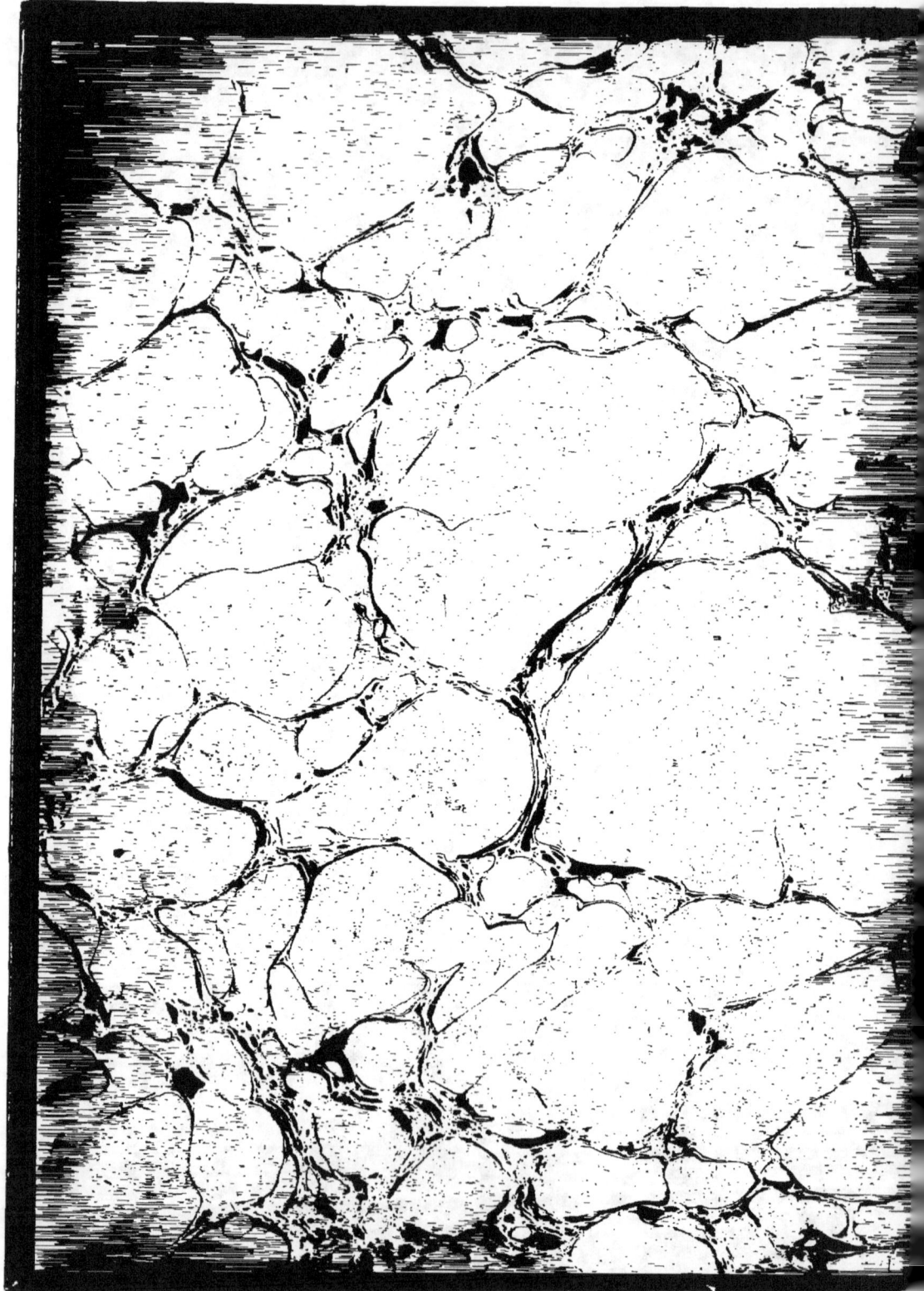

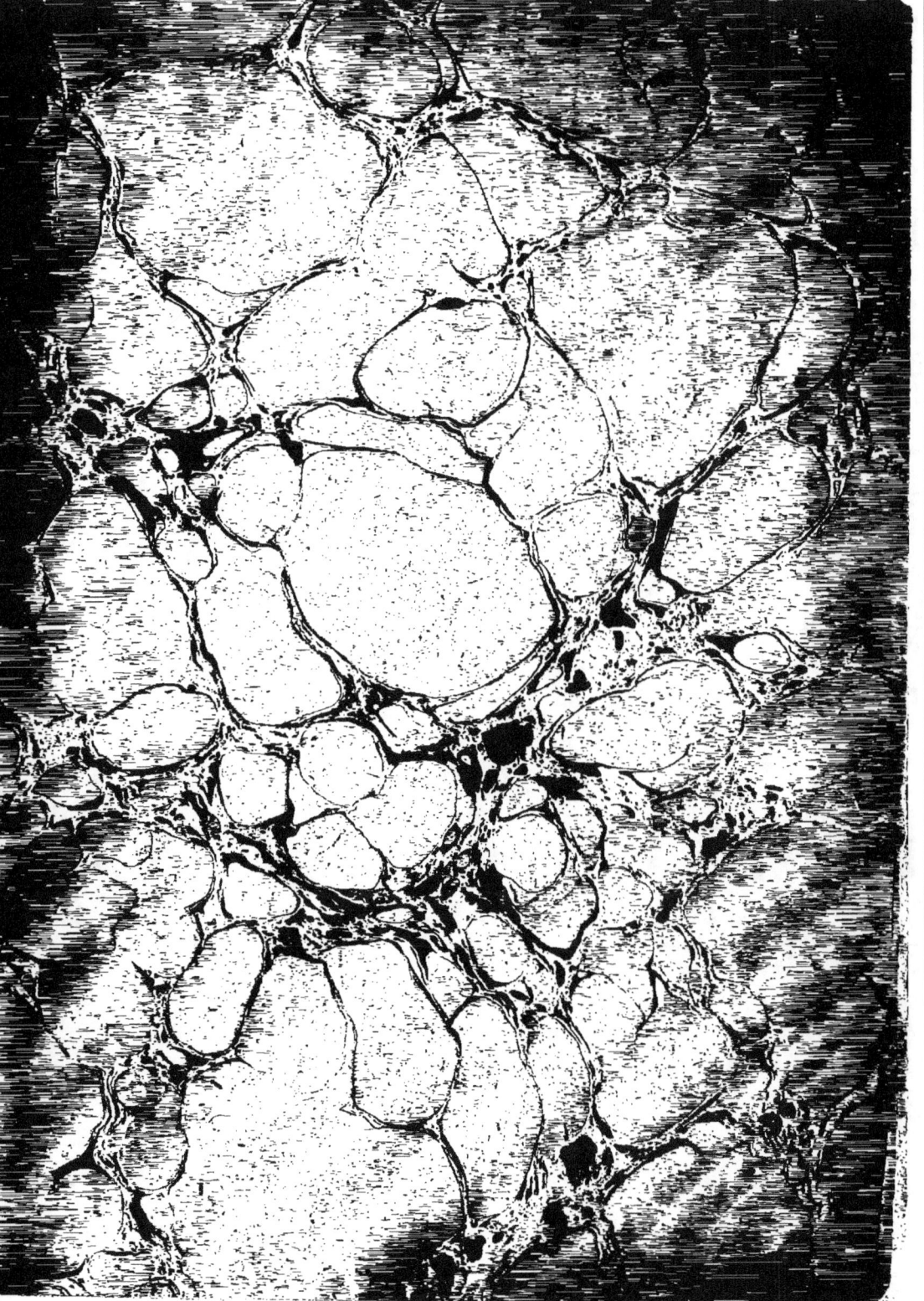

 Philippe DUFOUR

PARIS

Pittoresque & Poétique

Préface
de
Edmond HARAUCOURT

Ville auguste, cerveau du monde, orgueil de l'homme,
Ruche immortelle des esprits,
Phare allumé dans l'ombre où sont Athène et Rome,
Astre des nations, Paris !
(Leconte de Lisle).

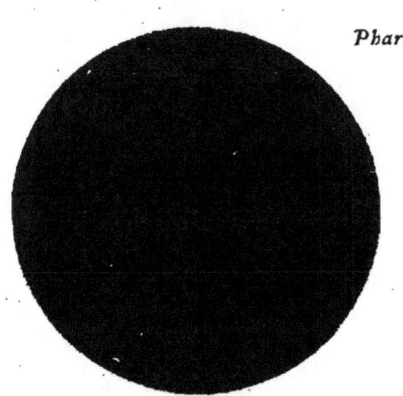

1906
IMPRIMERIE PHOTOGRAPHIQUE NEURDEIN Fʀᴱˢ
52, Avenue de Breteuil, 52

Philippe DUFOUR

Hommage

Philippe Dufour

PARIS

Pittoresque & Poétique

1906

A

MA MÈRE

ET

A LA MÉMOIRE

DE MON PÈRE

EN SOUVENIR

DE LEUR VILLE NATALE

PH. D.

Je vous félicite, mon cher ami, d'avoir écrit ce livre précieux, œuvre de poète et de savant, qui vous fait honneur et nous fera du bien : c'est là plus qu'un poème, c'est un acte civique et de bon citoyen. Il faudrait souhaiter que votre ouvrage se répandît partout, dans les écoles et dans les rues, chez les pauvres et chez les riches : il enseigne, et, sans en avoir l'air, il prêche ; tout d'abord on croirait que simplement il instruit, mais il fait plus et beaucoup plus : en expliquant ce que le passant regarde sans s'émouvoir parce qu'il regarde sans savoir, vous révélez le sens intime de ces pierres que vous nous montrez, et parce que vous faites comprendre, vous faites aimer : quoi donc? La patrie elle-même et l'histoire de notre race.

Le peuple est d'une ignorance profonde : et quand je dis « le peuple », je n'entends point désigner, comme on faisait jadis, les classes ouvrières et rurales; je parle du peuple entier, sans distinctions sociales, du peuple qui, chez nous comme dans les autres pays, à notre époque comme dans les autres âges, vécut et vit dans le désintéressement total de son propre passé, réservant son attention exclusive aux choses du présent et de l'avenir, sans concevoir que l'avenir s'étaie sur le passé, et que les possibilités de l'un sont les hérédités de l'autre. L'âme d'un peuple est une et homogène, aussi bien que celle d'un homme, et dans la vie d'une nation les aventures font une chaîne infrangible, comme les jours dans l'existence d'un être : chaque âge s'accroche à sa veille, le fils prolonge le père, un chapitre continue l'autre, la politique s'engendre de l'histoire, et les phases de notre histoire sont le roman de la patrie!

Où nous allons? Chacun prétend le dire. D'où nous venons? On ne s'en soucie point. Dans les cafés, dans les journaux, on parle politique, c'est-à-dire d'aujourd'hui et de demain : comment peut-on comprendre aujourd'hui et demain, si l'on ne connaît pas hier? Comment juger de la route en avant et du chemin à faire, quand on ne connaît pas la route parcourue? On veut aller, on veut conduire, sans savoir d'où l'on vient, mais comment donc alors deviner où l'on va? Ignorer pourquoi nous sommes ici et de quoi nous sommes faits, ne pas le demander, ne pas daigner l'apprendre, n'est-ce point monstrueux? Se peut-il qu'on n'en souffre pas, comme d'un malaise, et que, cela nous manquant, il ne nous manque rien? L'étude de notre histoire est un acte de piété filiale: sans elle, le patriotisme est un sentiment vague, trop dénué d'assises; l'ignorance est une ingratitude.

Or, ces pierres que vous nous montrez au passage des rues, c'est de l'histoire survivante : c'est, encore imprégné de la tiédeur des mains, le livre lapidaire, autobiographie de la race, manuscrit où s'inscrivaient, au jour le jour, les émotions successives de notre roman national. Des reliques? Mieux que cela, et davantage : c'est l'âme même du pays.

Car il existe, en art, des créations qui ne sont pas, à vrai dire, le produit d'une main ou d'un cerveau, mais bien d'une génération tout entière, qui traduisit, par elles, son génie total, ses aspirations du moment, son rêve, ses douleurs ou ses espérances, sa vie! L'art est la confession des peuples.

Vous nous apprenez à entendre la confession que les aïeux ont écrite pour nous, vous nous enseignez la patrie. Aux indifférents, vous dénoncez ce qu'ils vénéreraient de bon cœur, s'ils savaient, et en faisant qu'ils sachent, non seulement vous faites qu'ils aiment, mais vous empêchez qu'ils détruisent.

Car le sacrilège est innombrable parce qu'il est inconscient. Mais il a aussi d'autres causes : la Loi le prohibe trop peu. C'est pourquoi il faut tendre, par des œuvres semblables à la vôtre, à créer un mouvement d'opinion publique, d'où puisse naître enfin la réforme des lois insuffisantes.

Avouons-le : les législateurs de notre République n'ont pas encore osé le nécessaire, pour protéger ce patrimoine des souvenirs communs; ils ne l'ont osé qu'en partie, et la tâche entreprise demeure inachevée, puisque des monuments sacrés, chefs-d'œuvre dans lesquels s'incarna notre esprit, sont encore à cette heure, et par centaines et par milliers, à la merci du fantaisiste qui peut, si bon lui semble, les abolir, les vendre à l'étranger, les jeter bas, les mettre en pièces, sans que personne ait droit de protester contre l'amoindrissement national, crime de lèse-patrie!

Qui donc est ce potentat dangereux? Le propriétaire. Il est libre et maître de tout : cette chose est sa chose. On la lui a vendue, léguée, donnée, peu nous importe comment il la détient, et nul n'a rien à voir quand il fait, à sa guise, acte de propriétaire, bon ou mauvais, et la meurtrit, la martyrise, la tue, puisque cette chose est sa chose!

Eh bien, non!

Payer de ses deniers, hériter d'un père ou d'un aïeul, c'est respectable et je respecte; mais pour tant de déférence que la propriété mérite, je n'arrive point à concevoir qu'elle n'ait pas de bornes. Toute liberté du citoyen se limite à l'inconvénient de ses concitoyens : quand la jouissance de mes droits plus ou moins naturels devient capable d'attenter au droit des autres ou de tous, on m'oppose une restriction, des servitudes, et l'on m'arrête là.

N'est-ce donc point une jouissance appartenant à tous, que celle dont nous héritons tous par le labeur de nos ancêtres? Ce produit de l'âme commune n'est-il donc pas un peu le bien commun de la race dans laquelle il est né, de laquelle il est né? Si j'hérite de l'objet matériel, hérité-je, en même temps, et à l'exclusion de mes frères, de l'âme qu'on y insuffla et qui y vibre encore? Avec le droit de posséder l'un et d'en jouir, a-t-on pu me vendre ou me léguer le droit de détruire l'autre? Cette minute d'humanité qu'on a remise entre mes mains, ai-je le droit moral de faire qu'elle ne soit plus et que rien n'en subsiste? Cette émanation de la patrie, n'est-il pas criminel à moi de faire que l'étranger l'emporte au détriment de mon pays qui ne la reverra plus jamais? Livrer une province à l'étranger, même si j'en avais acquis la terre par vente ou par succession, ce serait trahison, haute-trahison, infamie ; livrer un monument, c'est licite. Pourquoi, et par quelle logique? Le monument qui se dresse et le sol qui s'étale ne sont-ils pas la patrie aussi bien l'un que l'autre, puisque la patrie est le total homogène des efforts accumulés, le legs transmissible des résultats obtenus par la race, l'ensemble de ce qui fut son esprit et sa volonté? L'âme tient-elle en hauteur moins qu'en superficie? Amoindrir l'héritage moral et intellectuel de mon pays, ou amoindrir son territoire, c'est tout un. Cependant cela est permis, comme ceci est défendu.

— Paradoxe, dira-t-on? Est-il possible de porter atteinte à la propriété individuelle, à la liberté individuelle?

— Possible, oui certes. Il suffirait d'écrire dans la loi que le propriétaire de certaines œuvres classées a le droit d'en jouir, mais non de les détruire ou de les expatrier. La loi hésite-t-elle, d'ordinaire, à restreindre ma liberté individuelle, quand l'intérêt des autres est en jeu contre le mien, et surtout l'intérêt du pays? Ne vais-je pas sous les drapeaux? Des servitudes militaires ne pèsent-elles pas sur mon champ, si mon champ est à la frontière? Puis-je exercer dans ma maison un travail qui rendra la vôtre insalubre ou seulement pénible? Lorsqu'il y a péril pour tous, et pour le bien de tous, le droit de chacun ne s'appelle plus que le devoir! La Morale et la Loi ne répugnent guère à me le rappeler, chaque fois que l'occasion s'en présente, et, ce faisant, elles font bien, puisqu'elles défendent la chose commune à tous, passés, présents, futurs, pour la sauvegarde des deux fraternités que l'on appelle la patrie et l'humanité.

Comment donc se fait-il que le législateur, si peu clément pour les licences individuelles, se montra si bénévole, si lâche, lorsqu'il eut à protéger notre patrimoine historique? Peut-être il appréhendait de mécontenter les riches électeurs? La loi du 30 mars 1887, qui règle le classement des monuments dits historiques, a bien su prescrire que les monuments classés, mobiliers ou immobiliers, ne pourraient plus être détruits, saccagés, restaurés, détériorés d'une façon quelconque, sans le consentement de l'État; mais lorsque, après avoir défini les obligations qui grèvent un monument classé, il fallut aborder l'obligation même de le classer, notre législateur recula devant sa tâche : il recula devant le devoir de proclamer que le classement s'imposerait pour tout monument digne de cet honneur, soit par sa beauté d'art, soit par sa valeur de souvenirs. De par notre loi républicaine et française, le propriétaire qui, par fortune, détient ce patrimoine national a valablement le droit de s'opposer au classement; bien plus, c'est lui et c'est lui seul que la loi consulte avant tous, et c'est lui le vrai maître; la France n'a pour rôle que de ratifier le légitime caprice de cet homme. L'article 3 de notre Loi, insérée au *Journal officiel* du 31 mars 1887, a dit : « L'immeuble appartenant à un particulier sera classé par arrêté du

Ministre de l'Instruction Publique et des Beaux-Arts, mais ne pourra l'être qu'avec le consentement du propriétaire. »

Phrase impie ! Et l'on peut, sans être grand clerc, prévoir qu'un jour elle disparaîtra des lois, comme immorale et illogique, puisqu'elle attente à la propriété morale du pays, sous prétexte de respect à la propriété matérielle du citoyen. Ce jour-là sera le bienvenu, et peut-être l'aurons-nous hâté, dans la mesure de nos forces, en travaillant, comme nous faisons, mon cher ami, à répandre chez nos contemporains la notion d'une parenté intime entre eux et leur propre passé, et à les avertir qu'en respectant ce passé-là c'est eux-mêmes qu'ils respecteront.

Edmond HARAUCOURT.

PARIS

VILLE des dieux et des héros, ville éternelle
  Qui succèdes sans cesse à ton propre passé
Et, par l'ardent génie en ton cœur amassé,
Peux rénover toujours ta sève originelle :

Pour un joyau perdu, portail, flèche, tournelle,
Et qui brillait jadis, dans ta gloire enchâssé,
Sache refaire, l'un par l'autre surpassé,
Maints chefs-d'œuvre où ton âme éclate et soit bien elle.

Sur le marbre et la pierre allume tour à tour
L'éblouissement d'art et la splendeur d'amour.
Que l'homme les respire en ton architecture.

Puis, dans ta beauté forte et généreuse, afin
D'apprendre au monde à vaincre et la haine, et la faim,
Donne ton cœur sublime à la cité future.

L'HOTEL DE VILLE

Rédifié de 1874 à 1882

BALLU et DEPERTHES, Architectes

L'Hotel de Ville

Au Conseil Municipal de Paris.

LA *Maison-aux-Piliers*, si chère aux vieux Prévôts,
  Le palais, dont François premier conçut le rêve,
Tous deux sont disparus de la place de Grève,
Après avoir couvé l'âme des temps nouveaux.

O Ville, avec un juste orgueil, tu te prévaux
Du jeune monument que ton génie élève
Et qui ne doit plus voir de bûcher ni de glaive
Luire, à son seuil, sur tes splendeurs et tes travaux.

Fils d'un passé de gloire où gronda la tourmente,
Sa pierre encore neuve, et superbe, et charmante,
En regardant Paris semble se souvenir.

Et, blasonné du beau navire symbolique
Qui vogue, voile ouverte aux vents de l'avenir,
L'Hôtel de Ville porte en soi la République.

GLORIA VICTIS !
Hôtel de Ville, cour d'Honneur.

Antonin MERCIÉ, Sculpteur

— 4 —

GLORIA VICTIS !

A Monsieur de Selves,
Préfet de la Seine.

EPHÈBE *pâle et beau qui, le col renversé,*
  Défailles comme un dieu dont la force est meurtrie
Et donnes en exemple et ton rêve et ta vie,
Par quels ardents chemins de gloire as-tu passé?

Ah! je te reconnais, magnanime blessé :
C'est toi qui meurs toujours pour l'honneur, la patrie,
La justice! O mourant, je t'admire et t'envie,
Vaincu par le destin, mais non pas terrassé.

Toi, guerrière, éployant ta grande aile d'archange
Comme une égide autour des fronts sanglants et purs,
Des chers fronts de héros que ton sourire venge :

Plus loin encor, plus haut que ton fleuve et tes murs,
Jette, au nom de Paris, jette aux Dieux, crie à l'homme
Ton « Gloria Victis! » que n'a point connu Rome.

LA SEINE

La Seine

Du soleil. Des flocons de brume et d'or. Des chœurs
　　De pierrots pépiant sur les quais, verts d'ombrages.
Quelques pêcheurs roidis que toi seul encourages
Charme de l'onde vive, aux yeux pourtant moqueurs!

Un bateau-mouche, svelte entre des remorqueurs.
Des ponts, dont le recul s'enchevêtre en mirages.
Et, glorieusement belle dans ces parages,
La Seine vers la mer roule ses flots vainqueurs.

Mais la Nymphe qui brille, et se joue, et soupire
Sous le voile onduleux des rayons et des eaux,
Souple, de courbe en courbe allonge son empire;

Tandis qu'ardent, Paris l'étreint dans ses réseaux
D'arbres, de pierres, lit somptueux qu'il lui creuse,
Comme un géant jaloux dont elle est amoureuse.

PARIS

PARIS

A François Coppée.

JOUR *mourant sur l'immense horizon de Paris.*
  Devers le Panthéon vire un battement d'ailes.
Le Châtelet, le Louvre ont l'air de citadelles
Puissantes de relief, douces de coloris.

A travers les ponts noirs, par pans d'ombre équarris,
Fusent des lueurs d'or : et la Seine, autour d'elles,
Miroite sous le vol rasant des hirondelles.
Un nuage lointain s'efface, rose et gris.

Colonnades et tours, feuillages et portiques,
Vitres aux tons nacrés, vieilles îles nautiques,
Tout se fond dans un clair-obscur délicieux.

Et seule, illuminant ses rosaces gothiques
D'un éclat de soleil tendre et mystérieux,
Notre-Dame rayonne en contemplant les cieux.

L'ILE SAINT-LOUIS

L'Ile Saint-Louis

Je t'aime, île d'oubli, si lointaine et si douce,
    Immobile au milieu du grand Paris ardent
Et qui regardes fuir la Seine se tordant
Aux angles de tes ponts quand le vent la rebrousse.

Tes hôtels, dont les cours s'endorment sous la mousse,
Les ombres de tes morts aux balcons s'accoudant,
La pointe de tes quais perdue à l'occident,
Tout est calme : la vie à tes pierres s'émousse.

Mais quand, par les rayons du couchant éblouis,
Tes murs flamboient dans l'eau, vieille Ile Saint-Louis,
Tu resplendis comme un palais de dogaresse.

Puis, la nuit te recule au fond de l'univers.
Et le poète, alors, amoureux de tristesse,
S'en vient dans ton silence et suit tes bords déserts.

TOUR SAINT-JACQUES-LA-BOUCHERIE
(Commencée en 1508, achevée en 1526).

TOUR ST-JACQUES-LA-BOUCHERIE

A Sully Prudhomme.

TOUR qui restes debout comme une sentinelle
Avec tes sphinx dressés dans le lointain des cieux,
Tour à tocsins, chère aux bouchers séditieux,
En ton superbe élan tu sembles éternelle.

Si riche d'ornements fins et capricieux,
Ta pierre exalte encor l'art qui flamboie en elle.
Maître Flamel, sorcier, et sa femme Pernelle
De ton charme gothique eussent ravi leurs yeux.

Mais sous ta voûte ogive, à quadruple arcature,
Serait-ce l'alchimiste aux étranges travaux
Cette ombre, qui calcule en scrutant la nature ?

C'est le plus pur des cœurs, le plus grand des cerveaux.
Là, du haut de tes murs médita son génie.
C'est Pascal, écrasé par Dieu, force infinie !

LE PONT NEUF
(1578-1604)

Baptiste DUCERCEAU, Architecte

Germain PILON, Sculpteur

Le Pont Neuf

HANTÉ *par les filous, aimé du populaire*
Quand y régnait, roi de la farce, Tabarin,
Ses arches, ses piliers, son grand cheval d'airain,
Son Béarnais ont pris un renom séculaire.

Du haut de ses balcons à rebord circulaire
Il se complaît à voir le site riverain;
Et la Seine, émeraude et perle au double écrin,
Court s'unir à ses pieds comme pour mieux lui plaire.

Des mascarons, vieux peuple esclave et douloureux,
Sous la corniche épars, rehaussant l'archivolte,
Semblent muettement s'entretenir entre eux.

Ils vivent! L'un ricane et l'autre se révolte,
Pierre ardente où déjà frémit Quatre-Vingt-Neuf.
Et, librement, Paris flâne sur le Pont Neuf.

LA COUR DU VIEUX LOUVRE
(XVIe siècle).

LA COUR DU VIEUX LOUVRE

Au soir, la cour royale est déserte et profonde.
Paris n'y jette rien de ses bruits turbulents.
Seule, entre ses frontons, ses marbres et ses plans
Harmonieux, la gloire habite, que l'art fonde.

Sous un nimbe de clairs nuages, fins et lents,
Parfois, d'un angle à l'autre, erre la lune ronde :
Et les Déesses, les Héros, comme à la ronde,
Animent l'ombre calme, au jeu des rayons blancs.

Alors, pleine de rêve et de mythologie,
La quadruple façade enchante, tour à tour
Obscure, lumineuse et des siècles surgie.

Et, sous la clarté pâle argentant son pourtour
Et dont le reflet doux glisse avec indolence,
La vieille Cour du Louvre appartient au silence.

LE PALAIS DU LOUVRE ET DES TUILERIES

(Commencé au XVIe siècle).

LE PALAIS DU LOUVRE ET DES TUILERIES

L ES *rois, les empereurs et le peuple lui-même,*
D'âge en âge, ont marqué d'un souvenir, d'un nom,
D'un éclair, ce joyau : l'un, à coups de canon ;
Les autres, par l'orgueil d'un chiffre et d'un emblème.

Mais l'art seul a conçu, magicien suprême,
L'ordre et la majesté du cintre, du chaînon,
Du chapiteau, créant un nouveau Parthénon
Où le chef-d'œuvre a triomphé du diadème.

Et tandis que doré comme un reflet lointain
Des gloires qui, jadis, montaient la garde aux portes,
Le soir mourant se mire en ses fenêtres mortes :

Grandiose et charmant, quel que soit le destin,
Après tant de splendeurs, de deuils et de tueries
Le palais rêve en paix, du Louvre aux Tuileries.

LA VÉNUS DE MILO

Statue découverte en 1820, dans l'Ile de Milo (Grèce).

La Vénus de Milo

A Denys Puech.

O DIVINE, le Temps, les Barbares, l'Oubli
  Ont profané, brisé, perdu ton marbre austère.
Durant des siècles, morne, il a dormi sous terre,
Incorruptible rêve et chef-d'œuvre accompli.

En vain l'ombre et le sol t'étreignaient, pli à pli :
L'idéal ne meurt pas, même quand on l'altère.
Et te voici victorieuse et solitaire,
Et ta beauté renaît sur le monde ennobli.

Tu t'es levée, auguste, éclatante, immortelle!
Tes bras sont mutilés; mais tu nous sembles telle
Qu'autrefois, car ton corps demeure harmonieux.

O Vénus, toi qui sais et vois ce que nous sommes,
Épure nos désirs et règne, sœur des Dieux,
Dans l'adoration éternelle des hommes.

LA JOCONDE

Portrait de Mona Lisa, par Léonard de Vinci (1452-1519).

(Musée du Louvre).

LA JOCONDE

A Jean Patricot.

VINCI, *noble et vieux maître enivré de mystère,*
Quand tu peignis Mona Lisa d'un tel amour
Ton génie et ton cœur t'inspiraient tour à tour :
L'un signant le secret que l'autre eût voulu taire.

L'énigme plane au fond du paysage austère,
Labyrinthe de rêve où, sans un seul atour,
Dans sa douceur pensive et son divin contour
La beauté de Joconde émerveille la terre.

Quels silences ses doigts fuselés tissent-ils,
Tandis que son regard vous suit et vous fascine
Et qu'en ses yeux troublants nage une île d'Alcine ?

Ah ! chimère immortelle, aux traits purs et subtils,
Buvons-la comme un philtre et de toute notre âme
Pour savoir ce que vaut un sourire de femme.

DIANE AU CERF
(Musée du Louvre).

Jean GOUJON, Sculpteur, né à Paris en 1515.

DIANE AU CERF

PRÈS du grand cerf royal, aux ramures dorées,
Indolente d'orgueil, souple contre son flanc,
O belle chasseresse, ô divin marbre blanc,
Quel rêve poursuis-tu, et vers quels Empyrées?

Gardes-tu souvenance, ici, des eaux moirées
Où tu mirais tes seins jeunes, ton corps troublant,
Tandis que des forêts profondes s'exhalant
L'amour sonnait du cor au détour des orées?

L'arc d'or brille en ta main comme un sceptre. Des fleurs
Scellent ton geste autour de la svelte encolure.
Tes yeux impérieux sont sans joie et sans pleurs.

Mais des joyaux de femme ornent ta chevelure.
Tu n'es pas Artémis! Et sous tes traits altiers
L'art immortalisa Diane de Poitiers.

ALEXANDRE ET DIOGÈNE
(Musée du Louvre).

Pierre Puget (1622-1697), sculpteur.

Alexandre et Diogène

Toi qui faisais « trembler » le marbre sous ta main,
Puget, vieux maître impétueux, sûr de ton rêve,
Là, ton génie ardent frappe, anime, soulève
La matière, et l'emplit d'un souffle surhumain.

Alexandre, pour qui rayonne encor demain,
Dans sa toute-puissance impérieuse et brève
Passe et croit subjuguer, dieu sacré par le glaive,
Ce philosophe assis au bord de son chemin.

Et tous, pressés, penchés, veulent voir Diogène
Qui, nu, dans son tonneau, disserte et morigène.
D'un tumulte vivant frémit le bloc vermeil.

Mais le Cynique, lui, hausse à peine son torse
Et, d'un geste : — Ote-toi, dit-il, de mon soleil! —
Et, dédaigneux, l'esprit triomphe de la force.

DIANE *(Musée du Louvre).*

Jean-Antoine HOUDON, Sculpteur (1741-1828).

DIANE

Toi qui pourrais marcher sur l'herbe la plus frêle
  Sans qu'elle se courbât sous ta légèreté,
Bronze vivant qui dans la Grèce aurais été
A la seule Artémis offert par Praxitèle :

Es-tu sa jeune sœur, sa rivale? Sur elle
L'emportes-tu par le charme qui t'est prêté,
Où refleurit, toujours divine, sa beauté
Que l'art transfigura dans ta grâce immortelle?

Il respire, ce sein virginal, il a dû
Frémir de la pudeur chère à la Chasseresse.
Ce corps svelte, il s'élance, au rhythme suspendu.

C'est Diane! Dominatrice, elle se dresse
Et, dans un mouvement d'orgueil et d'abandon,
Elle vibre de ton génie, ô grand Houdon.

LES GUICHETS DES TUILERIES
et le Génie des Arts, par Antonin MERCIÉ, sculpteur.

LES GUICHETS DES TUILERIES

LES trois voûtes sous la façade étincelante
    Plongent, tournent dans l'ombre autour de leurs piliers.
Charmés des mille bruits qui leur sont familiers
Rêvent là des héros, d'un beau galbe d'atlante.

Sur la corniche et l'arc, sur le fronton et l'ante
L'art s'inscrit et rayonne en traits multipliés.
Parmi le friselis de ses hauts peupliers
La Seine, en bas, s'attarde, admirative et lente.

Les Marines, sous l'aigle au vol impérial,
Dressent leur gloire, ici paisible, et là guerrière.
Tous ces murs de palais sont un armorial.

Mais seul Pégase y règne : il bondit, la crinière
Au vent, l'œil au ciel bleu... Et dans ce même essor,
Immortel, Apollon s'élance, sur fond d'or.

LE CHARMEUR D'OISEAUX
(au Jardin des Tuileries).

LE CHARMEUR D'OISEAUX

A ma Fille.

HORS *des cages, loin des barreaux,*
Même au risque de la famine,
D'essor mutin, d'alerte mine,
Vous restez libres, ô pierrots!

A vous voir dodus et farauds,
Bande pépiante et gamine
Qui s'assemble ou se dissémine,
Paris fait de vous ses héros.

Votre vieux charmeur vous convie :
Au bout des doigts du père Pol
Posez prestement votre vol;

Et là, picorant votre vie,
Battez des ailes, tout joyeux,
Moineaux francs, chers insoucieux!

JEANNE D'ARC
(1412-1431).

FRÉMIET, Sculpteur.

Jeanne d'Arc

A Maurice Barrès,
Député de Paris.

Quatorze cent vingt-neuf. Assaut de la tournelle
Gardant la porte et le rempart Saint-Honoré.
Et plus d'un saigne et gît, par les flèches navré ;
Et dans le fossé double une eau rouge ruisselle.

Là, combat pied à pied Jehanne la Pucelle,
Sous son clair étendard vers la ville arboré.
Un trait vole : son sang virginal et sacré
Coule. Un pressentiment funèbre passe en elle...

Maintenant, ce cheval qu'on sent prêt à hennir
Vers la gloire, ces fleurs, cette image, ce geste
Qui dresse une épopée autour d'un souvenir :

Tout ce bronze héroïque et triomphal atteste,
Ici même où sa chair, son cœur furent meurtris,
Qu'Elle a conquis enfin, et pour jamais, Paris.

LE JARDIN DES TUILERIES

Le Jardin des Tuileries

Le quinconce royal garde un reflet splendide
   Quand, fuyant vers la nuit, les Chevaux du soleil
Laissent encore pendre au bord du ciel vermeil,
Comme un rayon, le bout lumineux de leur bride.

L'eau frêle des bassins déserts qu'un souffle ride,
Les bruits d'ailes sur qui vient planer le sommeil,
Maints frissons d'or épars sur le sein ou l'orteil
Des marbres érigeant leur nudité candide :

Tout respire déjà l'enchantement du soir.
Seul, le passé rêvant aux voix qui se sont tues,
Là, dans l'ombre et l'oubli, va revenir s'asseoir.

Or, les vieux marronniers, verts parmi les statues,
Se dressent, rajeunis de thyrses blancs et roses.
Et, gonflé de printemps, frais Jardin, tu reposes.

LA COLONNE VENDOME
(Place Vendôme).

LA COLONNE VENDÔME

LA place de Mansard, vieille et froide en son style,
  Semble se rajeunir d'orgueil en contemplant,
O Colonne, ton jet de bronze où, s'enroulant,
La guerre incruste et tord sa force versatile.

Tambour, sabre, cuirasse, étendard, projectile,
Chevaux, soldats, vaincus, vainqueurs, tout, dans l'élan
De la bataille, tourne et monte sur un plan
De gloire. Et l'héroïsme, au soleil, y rutile.

Tel un aigle, là-haut, toi, l'éclair dans les yeux,
Seul, debout, dominant le destin, les rois, l'homme,
Te crois-tu maître encor, tragique ambitieux?

Mais nul César ne fut l'âme unique de Rome.
Il est au peuple, à tous, grandiose d'horreur,
Ce trophée où la France illustre un empereur.

4

L'OBÉLISQUE DE LOUQSOR

(Transporté à Paris en 1836).

L'Obélisque de Louqsor

A M. Quentin-Bauchart,
Conseiller Municipal de Paris.

La neige, le brouillard rongent le noir pavé
 Où ton ombre rigide et légère se pose,
O pierre vénérable arrachée au seuil rose
Du temple où le grand nom de Rhamsès fut gravé.

Sur ta pointe, durant des siècles, s'est levé
L'étincelant soleil de l'Égypte : et l'on ose
T'exiler loin des Sphinx que le vieux Nil arrose,
Toi qui devant Horus, fils des Dieux, as rêvé!

Mais si tu ne vois plus les splendeurs triomphales
D'Amoun-Râ, qu'adoraient tes beaux Cynocéphales,
Ni l'Épervier sacré dont tu suivais l'essor,

Thoth, le scribe divin, le burineur de stèles,
Évoque sur tes pans, visions immortelles,
Et l'île Éléphantine, et Thèbes, et Louqsor.

LES CHAMPS-ÉLYSÉES

LES CHAMPS-ÉLYSÉES

EDEN, *bocage unique et route universelle*
  Où, s'écoulant toujours et sans cesse emporté
Dans un gai tourbillon d'orgueil et de beauté,
Comme un torrent, le monde entier roule et ruisselle:

Tu rayonnes, d'avril au déclin de l'été!
Et le soleil, nimbant leur ombre qu'il morcelle,
Sur tes massifs pétille en immense étincelle
Et se pavane avec splendeur et volupté.

Des hauts coursiers de marbre au grand Arc héroïque,
Ainsi qu'une éclatante et fine mosaïque
L'avenue apparaît, fuit lumineusement.

Et quand le soir vermeil embrase les croisées,
Vol de phalènes d'or, profond bourdonnement,
Paris passe, rieur, dans les Champs-Elysées.

L'ARC DE TRIOMPHE

L'Arc-de-Triomphe

A Henry Houssaye.

Sur le couchant, ouverte en profonde échappée
  D'or et de pourpre, hommage aux mânes des héros :
Volontaires, conscrits, grognards et généraux,
Impérialement ta masse fut campée.

L'âpre Chant du Départ y rugit l'épopée
Dont nos pères étaient les fabuleux hérauts ;
Et l'on sent, à son geste, à ses cris gutturaux,
Jaillir de l'Arc géant la force de l'épée.

Et quand, face au soleil rouge au bord de Paris,
Bas-relief, porche, frise, entablement, pilastre
Semblent nimbés de sang et par le feu pétris :

Tu triomphes, sublime, en la splendeur de l'astre !
Et, dressant la Victoire au-dessus des revers,
Ton ombre auguste impose encore à l'univers.

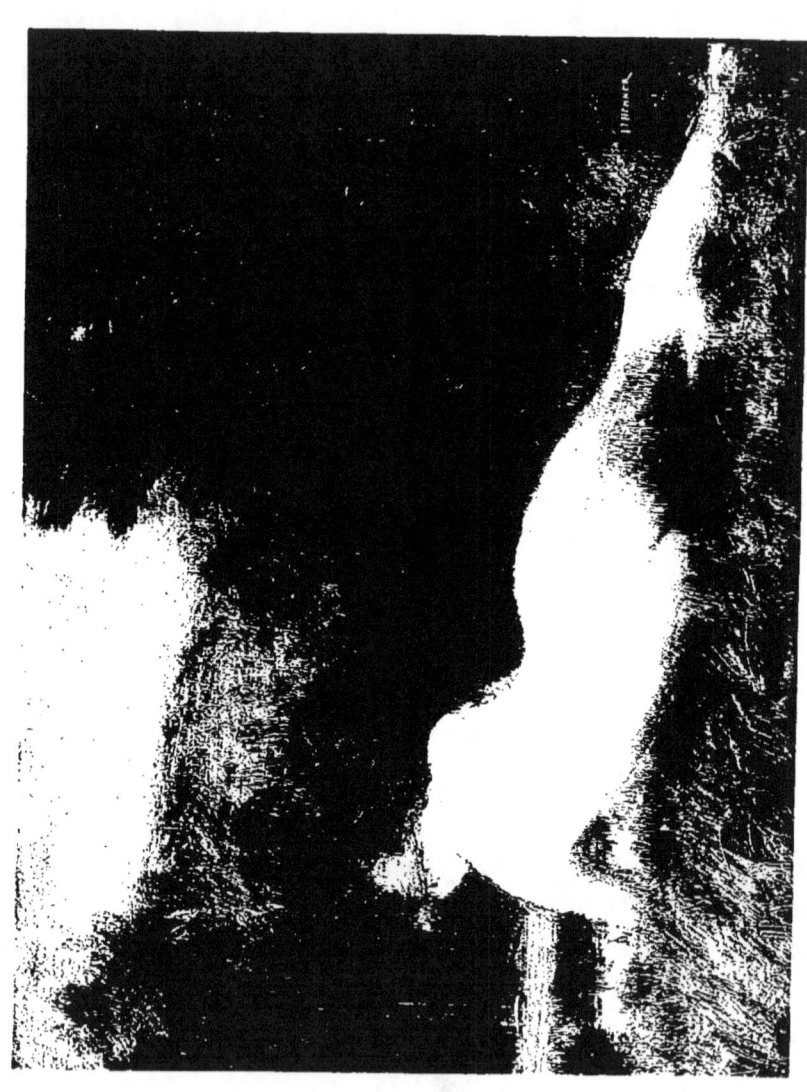

LA NYMPHE

(Musée du Petit - Palais)

LA NYMPHE

A Jules Henner,
Donateur de la salle J.-J. Henner.

LES grands Olympiens, d'âge en âge oubliés,
Ne dressent plus sur nous leurs splendides statues :
Leurs temples glorieux, ruines abattues,
Gisent, parmi la ronce, en tronçons de piliers.

Mais une simple Nymphe, en ses bois familiers,
Survit aux Dieux tonnants dont les voix se sont tues;
Et son âme et sa chair, d'une gloire vêtues,
Animent l'eau du lac et l'ombre des halliers.

Car le pinceau d'un maître, évocateur superbe,
Dans sa blanche harmonie, entre l'azur et l'herbe,
La ressuscite et la consacre en sa beauté.

Et son profil perdu, qu'à peine l'on devine,
Tourné vers quelque rêve empreint d'éternité,
Garde un mystère pur de vision divine.

LA SEINE

LA SEINE

A mon Fils.

C'EST l'heure indécise et délicieuse
　　Où le jour se fane à travers Paris,
Encore vermeil, déjà mauve et gris,
Et comme estompé d'une ombre soyeuse.

De lointains reflets coulent assombris
Des coins noirs où meurt la clarté peureuse ;
Et la ville étreint, douce et ténébreuse,
Ton dernier rayon, Soleil qui péris !

Vers des pointes d'île, aux détours de l'onde
Qui semble à la fois violette et blonde,
Surgissent des mâts, des bateaux obscurs.

L'eau contre leurs flancs clapote et circule.
Et, sur un grand fond d'arbres et de murs,
Un port fabuleux rêve au crépuscule.

NOTRE-DAME
(1162-1330)

NOTRE-DAME

LES trois portails sculptés et béants, le beau mur
Où sont debout les Rois, la rosace fleurie,
L'arc et la colonnette en haute galerie,
Et les deux tours que dresse un rhythme calme et sûr :

Toute la cathédrale apparaît comme un pur
Et sublime poème à la Vierge Marie;
Le cœur de nos aïeux palpite, rêve et prie
En cet hymne de pierre élancé vers l'azur.

Et lorsque dans la nef immense et solitaire
L'ombre éteint le vitrail, le cierge et l'encensoir
Et l'orgue, où dort le souffle orageux du mystère :

Il semble qu'on entende, évoqué par le soir,
Comme si le silence avait un frisson d'âme,
Le Passé qui soupire au fond de Notre-Dame.

LE MARCHÉ AUX FLEURS

(Quai de la Cité).

Le Marché aux Fleurs

L A nuit, sur les trottoirs éclosent des parterres.
   Tout l'éclat des vallons et des coteaux fleuris
Semé par le printemps aux entours de Paris
Vient là charmer la Seine et ses quais solitaires.

Puis, quand l'aurore avive au ciel son clair souris,
On voit s'épanouir, frais sur les éventaires,
Parfum des ateliers ou décor des Cythères,
Et la gerbe champêtre et le bouquet de prix.

Tremblant pistil, bouton perlé, soyeux pétale!
Mais, tandis que la flore odorante s'étale,
L'heure tinte au beffroi carré du Châtelet.

Et le soleil, corolle en plein azur ouverte,
Brisant sur les trois tours coniques son reflet,
Comme une rose d'or s'effeuille dans l'eau verte.

LA SAINTE-CHAPELLE

Règne de saint Louis

Pierre de MONTEREAU, Architecte.

La Sainte Chapelle

Pierre de Montereau, *maçon prodigieux,*
Ton chef-d'œuvre survit, si frêle en apparence !
Sans arc-boutant, comme étayé par l'Espérance
Et la Foi, stable et pur, il jaillit, flèche aux cieux.

Ogives, clochetons et vitraux précieux
Vous allégez les murs de votre transparence ;
Et les tours de Castille avec les lys de France
Alternent dans votre ombre, éclatants et pieux.

Or, le Roi qui servait la Couronne d'épines
Ne vient plus l'adorer sous la rose à meneaux
Où ne passe qu'un vol de brise et de moineaux.

Mais, embaumé d'extase et de splendeur divines,
Comme un parfum d'encens dans une châsse d'or,
Dans la Sainte Chapelle un rêve prie encor.

DANTON

(Né à Arcis-sur-Aube, en 1759, guillotiné à Paris, en 1794).

Auguste Paris, Sculpteur.

DANTON

A Pierre Jolibois,
Conseiller Municipal de Paris.

TRIBUN, *garde étendu ton grand geste fougueux*
Vers la frontière, ainsi qu'aux heures enflammées
Où, comme une âpre torche en de rouges fumées,
Ton éloquence rude embrasait nos aïeux!

Des hommes en sabots, des enfants, tas de gueux,
La foudre au poing, gonflant leurs âmes opprimées,
S'enivraient de ta voix tonnante : et leurs armées
Portaient la Liberté d'un bras victorieux.

Quatre-Vingt-Douze gronde et flambe sur ta face
Dont l'éclat plébéien épouvanta les rois,
Rien qu'au rugissement d'un seul mot : De l'audace!

Qu'importe l'échafaud! Ton sang trempait nos droits.
Et ce bronze vibrant, chaud de ton souffle, crie :
Danton républicain croyait à la patrie.

LE PALAIS MAZARIN

Le Palais Mazarin

LES Quatre-Nations que soumit Louis treize,
De la Scarpe, du Tech, du Clusone et du Rhin
Vinrent peupler ces murs légués par Mazarin :
Leur âme y fut conquise à la grâce française.

En ce Collège illustre, et jusqu'à la cymaise,
Les livres immortels rayonnent, chœur serein
De rêves opposant aux vieux âges d'airain
Des souffles d'idéal dont la douceur apaise.

Du tranquille hémicycle à la coupole, où dort
Un écho du Grand Siècle, ô France, ton génie
Répercute sa claire et multiple harmonie.

Et l'Institut, mêlant sa voix aux Lyres d'or,
Offre au passé la gloire, à l'avenir des palmes.
Et Minerve, attentive, écoute, les yeux calmes.

SUR LES QUAIS

SUR LES QUAIS

QUAIS *bénis, coins d'ombre et de solitude!...*
Calme et curieux, tout à son plaisir,
Le bibliophile y fouille à loisir
La boîte à bouquins, douce à l'habitude.

Il feuillette, lit, s'attarde à choisir,
Suppute avec joie et sollicitude
L'âge, le renom, la vicissitude
Du volume où s'est posé son désir.

Somptueux encore ou presque minable,
Manuce, elzévir, princeps, incunable,
Tous le font rêver, hors du temps présent.

Déjà, dans le soir, la Seine se cuivre
Qu'il est toujours là, lisant, relisant :
L'âme et l'œil perdus au fond d'un vieux livre.

LE PORTIQUE DU CHATEAU D'ANET
(XVIᵉ siècle).
Transporté à l'École des Beaux-Arts

Le Portique du Chateau d'Anet

PALAIS, *merveille d'art, où la maîtresse illustre*
   Pour son amant royal ravivait sa beauté!
Futaie, île d'amour, labyrinthe enchanté
Qu'ils admiraient du haut des balcons à balustre!

Des chefs-d'œuvre dont tu brillas le Temps nous frustre :
Seul, ton portique noble et pur nous est resté;
Et Paris l'a repris à ton seuil dévasté
Par la haine ignorante et brutale du rustre.

Tout à la fois plus beau d'avoir été sauvé,
Triste aussi de ne plus charmer Diane, il semble
Se souvenir du rêve à son ombre achevé.

Deux lettres, le croissant, la fleur de lys, ensemble
Attestent sur ses murs, que Jean Goujon ornait,
La splendeur et la gloire amoureuses d'Anet.

« A BONAPARTE »
Maison Lempereur, Rue de l'Abbaye.
Enseigne par A. WILLETTE, peintre (1902).

"a Bonaparte"

Où vas-tu, vivandière au sourire d'aurore,
   Et vous, soldats, qui vous riant des Droits Divins
Arrachez aux tyrans leurs diadèmes vains?
Cheval, que germe-t-il sous ton sabot sonore?

Toi, vainqueur grave, toi qu'ont nourri des levains
Sacrés, amant, héros que la Gloire aime et dore,
De ces libérateurs que veux-tu faire encore?
Les conduis-tu vers le grand rêve d'où tu vins?

C'était la République ardente et fraternelle
Illuminant le monde ébloui de son aile
Comme d'un jeune éclair de joie et d'idéal!

Ah! que n'es-tu mort là, pour notre délivrance,
Avant d'avoir forgé ton glaive impérial,
Mort pur, et couronné du seul laurier de France.

FONTAINE
de la Rue de Grenelle-Saint-Germain
Edme Bouchardon (1698-1762), Architecte et Sculpteur.

FONTAINE

DE LA RUE DE GRENELLE-ST-GERMAIN

RUE oubliée ou presque, autrefois magistrale
    Et qui, dans le Faubourg, tins le haut du pavé,
De ton vieux faste noble un fleuron est sauvé,
Immuable et serein sur la pierre murale.

C'est ta fontaine, harmonieuse et sculpturale,
Où la cruche s'emplit jusqu'au col incurvé,
Et dont le clair pourtour s'évase enjolivé
Par les Saisons, d'un charme heureux de pastorale.

O ces enfants joueurs culbutant leurs voisins
Et que l'on voit courir et que l'on croit entendre
Rire parmi les blés, les roses, les raisins :

Comme ils vivent, d'un coup de ciseau souple et tendre!
Tandis qu'entre la Seine et la Marne à ses pieds
Paris écoute fuir leurs flots éparpillés.

LES INVALIDES
(1671-1674).

Libéral BRUANT, Architecte.

Les Invalides

Vieux soldat qui, jadis, n'étais plus qu'un coureur
    De grands chemins, rebut du peuple et des armées,
Ce palais, abritant tes blessures fermées,
Te fait presque oublier la guerre et son horreur.

Dans un calme bosquet, toi, l'ancien massacreur,
Tu cultives gaîment tes roses parfumées ;
Et sur ton humble front planent les Renommées
Captives du grand Roi et du grand Empereur.

Devant le Tombeau rouge, en marbre de Finlande,
Veille chaque invalide et, sous sa houppelande,
Sentinelle de crypte il se redresse encor :

Car il songe aux drapeaux, aux canons, aux armures,
Tandis que toujours plein d'héroïques murmures
Comme aux temps d'Austerlitz brille le dôme d'or.

LE PONT ALEXANDRE-III

Le Pont Alexandre III

MINERAI, *pierre informe, âpre et morne matière,*
Savamment embellis par l'homme industrieux,
Comme aux temps d'Amphion jaillissent vers les cieux
Dans un vol de chevaux cabrant leur aile altière.

Cette arche, qui s'élance élégamment austère,
Ces pilastres, où plane un souvenir des Dieux,
Rayonnent sur la Seine et ses bords glorieux,
De l'arcature sombre au splendide acrotère.

Car tandis qu'alentour les jardins, les palais,
Calmes parmi la ville où court la foule active,
S'harmonisent en large et noble perspective :

Toi, Soleil, chaque soir, comme si tu voulais
Que ses Pégases d'or recueillent seuls ta cendre,
Tu meurs superbement sur le Pont Alexandre.

LA TOUR EIFFEL

La Tour Eiffel.

Sonore sur ses arcs aux quatre vents ouverts,
En des vibrations brèves et continues,
D'un élan qui s'allonge et transperce les nues
La tour vertigineuse étonne l'univers.

Plus fort que les Vulcains et que les Lucifers,
Ici l'homme a créé des formes inconnues,
Membres puissants liés par des fibres ténues,
Où le chiffre, invisible, équilibre les fers.

Et tous ces croisillons, ces piliers, ces poutrelles,
Ajourés, convergents et robustement frêles,
S'unifient comme un seul hiéroglyphe aux yeux.

Et, dominant la nuit qu'elle éblouit et zèbre
D'un vol de flamme éparpillée, au fond des cieux
La Tour Eiffel inscrit le rhythme de l'algèbre.

PASTEUR

(Né à Dôle, en 1822, mort à Paris, en 1895).

Falguière, Sculpteur.

PASTEUR

HOMME simple, Savant plus grand qu'un empereur
  Qu'on exalte en de vains apparats de victoire,
Austèrement pensif dans ton laboratoire
Tu confrontas la rage et vainquis son horreur.

Ce triomphe n'était qu'un noble avant-coureur.
Ton génie, à la fois sûr et divinatoire,
A forcé les secrets du mal. Et, dans l'histoire,
Tous te béniront, mère, enfant et laboureur.

Hercule n'écrasa qu'une hydre. L'incurable
Épouvante, invisible et multiple, et qui mord
Et qui faisait de sa victime un misérable:

Toi, Pasteur, comme un dieu nouveau, dieu vrai, dieu fort,
Tu l'arrachas du monde en mêlant, secourable,
Le baume de la vie au virus de la mort.

LE LION DE BELFORT

(Place Denfert-Rochereau)

Le Lion de Belfort

Tes *frères, mufle au vent, crinière hérissée,*
   Hument l'âcre parfum du grand désert, là-bas...
Et leur rugissement, impétueux ou las,
Emplit la solitude en sables d'or plissée.

Toi, la prunelle ardente, ombre altière dressée
Vers un ciel qui, jadis, frémit de nos combats,
Plein de la voix d'un peuple, est-ce que tu parlas,
Sentinelle inflexible où veille une pensée?

Non! seul, muet, farouche, et dominant Paris,
Ses houles de maisons aux lignes montueuses,
Ses jours laborieux, ses nuits voluptueuses,

Tu songes, tête haute, et dédaignes les cris:
Et, symbole d'un deuil implacable et stoïque,
Ton silence, ô Lion, est lui-même héroïque.

JARDIN DU LUXEMBOURG
(Fontaine de Médicis).
Jacques DEBROSSE, Architecte, OTTIN, Sculpteur.

LE JARDIN DU LUXEMBOURG

VOLUPTUEUX *jardin où vécurent des reines,*
    Où des marbres royaux apparaissent encor,
Ta perspective unit dans un riant accord
Ciel léger, vieux palais et verdures sereines.

Les femmes et les fleurs, tes seules souveraines,
De printemps en printemps émaillent ton décor;
Et tu reçois, d'un air princièrement accort,
Les muses au cœur chaste et les folles sirènes.

Mais le symbole heureux de ton passé charmant
C'est ce rêve d'amour, c'est l'amante et l'amant
Que Polyphème guette en leur grotte enchantée.

Et ta fontaine ombreuse, où boivent les oiseaux,
Garde et pour s'embellir reflète dans ses eaux
Le sourire d'Acis admirant Galathée.

LE PANTHÉON

Soufflot, Architecte (1713-1780)

LE PANTHÉON

Héloïse, *Abaïlard et sainte Geneviève*
  Sur l'illustre montagne ont vécu, sont passés.
Prière auguste, amour, génie : et c'est assez
Pour que l'histoire, ici, soit belle comme un rêve.

Lentement, l'avenir leur succède. Il élève
Ce portique, ces rangs de colonnes tressés
Autour de vous, coupole et murs, qui vous dressez
En chantant la quenouille et la lyre et le glaive.

Église de bergère et glorieux tombeau,
Ces pierres ont vibré du nom de Mirabeau.
Hugo, dans l'ombre, y cause avec l'écho sonore.

David d'Angers éternisa sur le fronton
Les héros, les savants que la Patrie honore.
Et l'âme de la France emplit le Panthéon.

LA RUELLE DES GOBELINS

La ruelle des Gobelins

COUPE-GORGE *ou sentine en recoin solitaire,*
  Cette ruelle vit, sordide : plâtres mous,
Logis tortus, séchoirs striés de sombres trous.
Et son horreur stagnante étreint le prolétaire.

Pauvres, pauvres maisons, dont le seul caractère
Est une laideur sale et morne, cachez-vous!
En vain le ciel est pur et le printemps est doux :
A vos murs noirs s'incruste une ombre délétère.

En un canal empuanti par le tanneur
Vient croupir, eau moisie et verdâtre, la Bièvre.
Ici, quel être humain peut rêver du bonheur?

Et pourtant, dans ce lieu de misère et de fièvre
S'ébattent des enfants, aux traits joyeux et pleins,
Beaux comme les Amours qu'on brode aux Gobelins.

ÉGLISE DE LA SORBONNE

(Le Tombeau du Cardinal de Richelieu).

RICHELIEU

A Gabriel Hanoteaux.

Tout semble s'effacer en ces murs, même Dieu.
    Il suffit d'un tombeau dressé dans cette enceinte.
Ici, l'indifférence ou l'émotion sainte
N'existe pas : l'église appartient à l'enfeu.

Presque gisant, un homme est là. L'œil est sans feu.
Le visage est marqué d'une funèbre empreinte.
Mais, si hautain, si droit, ce front pâle est sans crainte.
Un grand rêve y respire encor. C'est Richelieu.

Rêve où passent ton roi, la France unie et belle,
Tes vaincus, sous la hache abattus sans remord,
O génie, ô héros, terrible à tout rebelle!

Repose en paix dans ton triomphe, illustre mort!
Et toi, passant, vois son chapeau qui plane et bouge :
A ce marbre de gloire il faut cette ombre rouge.

L'HÔTEL DE CLUNY

L'Hotel de Cluny

A Edmond Haraucourt.

FIN joyau, crénelé, guilloché, fleuronné,
  Dans ton rhythme ogival chante une âme nouvelle;
Tu brilles d'une grâce où déjà se révèle
L'art de la Renaissance avant qu'il ne soit né.

Là, quel Prince Charmant vécut? quelle Phryné?...
Non : pour les moines noirs qu'il tenait en tutelle,
Jacques d'Amboise, épris du ciseau qui dentelle,
Voulut que s'élevât ce palais fortuné.

Or, le vieux temps, ici, ressuscite en artiste
Parmi des tons éteints de pourpre et d'améthyste,
Des armes, des émaux, des ivoires, des ors.

Et, sous les yeux émerveillés de l'antiquaire,
Cluny, dans ses beaux murs, scintille de trésors :
Éblouissant comme un splendide reliquaire.

LE PALAIS DES THERMES

Le Palais des Thermes

A Dmitry de Mérejkowsky,
auteur de *La Mort des Dieux*.

Près du gai boulevard où le Quartier Latin,
   Toujours jeune, bourdonne en ruche familière,
Exhumé de Lutèce apparaît, noir de lierre,
Le palais du césar père de Constantin.

Tout rude, tout béant, laissé par le destin
Sur tant de siècles morts comme un bloc milliaire,
Dans la beauté de sa ruine irrégulière
Il demeure imposant, silencieux, lointain.

Et par ce grand vestige, où ne cessent d'éclore
Des printemps dont s'embaume en paix le souvenir
De Julien l'Apostat et de Constance Chlore,

Tandis que le soleil y semble rajeunir
L'archaïque débris de temple ou de statue,
Dans Paris éternel Rome se perpétue.

SAINT-SÉVERIN

Saint-Séverin

A Jean-Paul Laurens.

Sanctuaire où priait le chœur des miséreux,
  Prière d'argotiers, de jacques, de ribaudes,
Dans ta vieille ombre enclose en des ruelles chaudes
Cinq siècles d'art se sont harmonisés entre eux.

Aux nervures de pierre, aux vitraux ténébreux
Ne resplendirent point les ors, les émeraudes;
Mais sur l'alleluia des Vêpres ou des Laudes
Brillait pour tous l'espoir mystique d'être heureux.

Ils sont morts, tes croyants : serf, truand, pécheresse,
Qui s'en venaient vers toi du bouge et du taudis,
Tout humbles, pour rêver au divin Paradis.

Seul, lorsque le plain-chant ressuscite et caresse
Ton âme triste, et comme un dolent pélerin,
Le Moyen-Age hante encor Saint-Séverin.

DANTE

(Né à Florence, en 1265, mort à Ravenne, en 1321).

P. Aubé, Sculpteur.

DANTE

QUAND il revint du Lieu de la Désespérance
    La foule, d'un regard craintif et curieux,
Suivait Dante songeur, passant mystérieux
Qui, tragiquement seul, errait loin de Florence.

Et, d'exil en exil, dans ton cœur et tes yeux
Flambait la vision des maux sans délivrance.
Et Paris t'accueillit enfin; mais, ta souffrance,
Il ne l'entendit pas, ô grand Silencieux!

Maintenant, dans la ville âpre et désolatrice
Où plus d'un meurt sans même avoir de Béatrice,
Tu te dresses encore, énigmatique et fier;

Et tu sens se creuser toujours, toi qui médites
Sur la douleur de vivre et les âmes maudites,
Dans l'effrayant Paris les cercles de l'Enfer.

ALAIN CHARTIER

(Né à Bayeux, en 1386, mort en 1449).

Moncel, Sculpteur.

ALAIN CHARTIER

Savant homme, le charme antique et renaissant
  Des Muses, tu le fis valoir contre l'épée.
Mais la guerre à l'Anglais, implacable épopée,
T'arrachait, ô poète, à ton rêve innocent.

Et, dans ton Quadriloge invectif devançant
L'art et le cri de la Satire Ménippée,
A la France tragique, envahie et trompée
Tu révélas son droit, qui germait dans le sang.

Que ton lointain renom s'obscurcisse ou s'affine,
Marguerite d'Écosse, en ses lys de dauphine,
Sur ta bouche endormie a laissé son baiser.

L'oubli peut te saisir dans l'œuvre qui t'honore :
Ce baiser suffit seul à t'immortaliser.
Heureux Alain Chartier, nous t'envions encore!

FRANÇOIS VILLON
(Né en 1431, mort vers 1489).
Etcheto, Sculpteur.

FRANÇOIS VILLON

VILLON, toi qui ne fus qu'un gueux et qu'un poète
Égaré par la faim sur les pas des larrons
Et dont, clercs ou docteurs, prébendés ou barons,
Tous méprisaient l'errante et maigre silhouette :

O roi de la Ballade, entre les plus hauts fronts
Le tien brille! Il est beau : ta gloire s'y reflète.
Ton destin nous la rend plus chère et plus complète
Et dans tes vers invincibles nous t'admirons.

Presque la corde au cou, ta verve est souveraine.
De la belle Heaumière à la bonne Lorraine
·L'Humanité respire en ton cœur douloureux.

Et, nous léguant du fond d'une obscure taverne
Ton génie où se joue un art qui le gouverne,
Tu nous as fait largesse, illustre miséreux.

SHAKESPEARE
(Né à Stratford-sur-Avon, en 1564, mort en 1616).
P. Fournier, Sculpteur.

SHAKESPEARE

LONDRES t'a vu jadis, en gardeur de chevaux,
   A ses seuils de théâtre errer, l'âme inquiète,
O toi l'impérissable et douloureux poète
Dont l'œuvre ardente étreint d'innombrables cerveaux.

Génie abrupt, oui, mais sublime, tu nous vaux
La tristesse d'Hamlet, le chant de l'alouette;
Et ceux que tu créas, statue ou silhouette,
Survivent, toujours vrais, émouvants et nouveaux.

Du prince d'Elseneur aux amants de Vérone,
Chacun de tes héros a tressé ta couronne
De son rayon de gloire et d'immortalité.

Et tandis que nous charme, en ton tragique empire,
L'amour, la mort, la vie ou le rêve enchanté,
Le grand Paris s'honore en t'honorant, Shakespeare !

PIERRE CORNEILLE

(Né à Rouen, en 1606, mort à Paris, en 1684).

—

THÉATRE FRANÇAIS. — Denys Puech, Sculpteur.

CORNEILLE

A René Ponthière,
promoteur des fêtes du 3ᵉ centenaire
de Corneille.

PÈRE immortel, Camille, et Pauline, et Chimène
    Tiennent de toi leur cœur, leur grâce, leur fierté.
Les héros de l'Espagne et de l'antiquité
Ont grandi, sous ton souffle, en vertu surhumaine.

Chaque siècle qui luit sur ton œuvre y ramène
Comme un plus haut rayon de gloire et de beauté;
Et nous nous retrempons au théâtre enfanté
Par ton âme, française à la fois et romaine.

Que ton auguste vers retentisse : on entend
S'exalter le devoir et l'amour! Et ton verbe
Ajoute aux voix de l'homme un cri de dieu superbe.

Aussi, devant ce marbre où tu vis, éclatant,
Pouvons-nous dire au monde, avec nous unanime :
Le grand Corneille est là, vénérable et sublime.

LA FONTAINE

(Né à Château-Thierry en 1621, mort à Paris en 1695)

LA FONTAINE

FRÈRE *victorieux d'Ésope et fils d'Homère,*
   O Bonhomme de France, indulgemment moqueur
Et subtil, ton esprit, ton sourire, ton cœur
Éternisent la Fable en son vol de chimère.

La nature, les dieux et la moindre commère
Et l'homme et le lion et le lièvre songeur,
Tout vit dans ton vers libre où quelque trait vengeur
Siffle, sûr et trempé d'une sagesse amère.

Et Jean n'est point parti comme il était venu :
Il a fait de son fonds et de son revenu
Un trésor d'art unique et de gloire certaine.

Inimitable Maître, il instruit l'univers.
Et partout, comme ici sous ces ombrages verts,
L'aïeul et ses enfants relisent La Fontaine.

J.-B.-P. MOLIÈRE

(Né et mort à Paris, 1622-1673).

THÉATRE FRANÇAIS. — Denys PUECH, Sculpteur.

MOLIÈRE

Toi qui riais, avec des larmes dans le cœur
Et posais, rejetant le masque teint de lie,
Sur ton « chagrin profond » la gaîté qui s'allie
Comme une flamme vive au mot triste ou moqueur :

O cher et grand Alceste, ainsi que le vieux chœur
Accompagnant jadis la verve de Thalie,
Le monde entier apprend, répète et multiplie
La force de ton vers, toujours jeune et vainqueur.

Le laurier d'or t'échut, entremêlé de lierre.
Nous t'en glorifions par ce beau marbre blanc
Où Tartufe, irrité, te retrouve en tremblant.

Et sur la scène, à tes chefs-d'œuvre familière,
Notre Paris, au tien encor si ressemblant,
Vient se railler lui-même en t'écoutant, Molière!

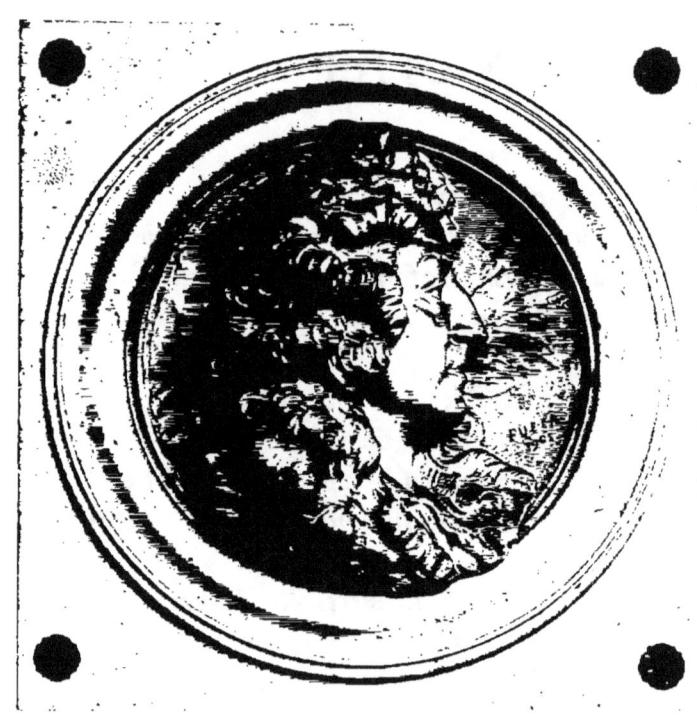

JEAN RACINE

(Né à La Ferté-Milon, en 1639, mort à Paris, en 1699).

—

THÉATRE FRANÇAIS. — Denys Puech, Sculpteur.

RACINE

LE *Grand Siècle ordonna ton théâtre pompeux ;*
Mais Hermione, Phèdre, Oreste, Iphigénie
Attestent que ton âme inspirait ton génie,
O toi qui du tourment d'amour fus amoureux !

En ces murs, abritant tes amants douloureux,
Tu sembles écouter la savante harmonie
De ta noble douceur au vers tragique unie.
Écoute : avec orgueil et gloire, tu le peux.

Ah! comme tu connus la passion humaine,
Ses tendresses, ses deuils, ses fureurs, ses remords,
Quel mystère est le cœur des vivants et des morts !

Et tandis que la Muse antique, Melpomène,
Fait autour de ce marbre éclore les lauriers,
Racine vous illustre, ô héros qui pleuriez.

ANDRÉ CHÉNIER

(Né à Constantinople, en 1762, guillotiné à Paris, en 1794).

Musée du Luxembourg. — Marbre de Denys PUECH

André Chénier

A Charles Meunier.

FLÉCHISSANTE sur les genoux, suave, austère
   Dans ta nudité chaste et ton recueillement,
Quel front soulèves-tu, de héros ou d'amant,
Vierge dont le beau corps touche à peine à la terre?

Ah! ce front que tes mains portent pieusement,
Sacré d'une splendeur de gloire et de mystère,
Ce front de jeune dieu que nulle ombre n'altère,
Il tomba sous l'horreur du couperet fumant.

C'est Chénier! Fils tragique et sublime d'Orphée,
Comme lui déchiré par la haine et la mort,
Jusques aux femmes, tous l'oubliaient sans remord.

Mais toi, Muse, tu vins et, prenant ce trophée
Cher au seul Apollon, tu l'as ressuscité
D'un long baiser d'amour et d'immortalité.

LAMARTINE

(Né à Mâcon, en 1790, mort à Paris, en 1869).

M. de VASSELOT, Sculpteur.

LAMARTINE

LA *Muse, avec Chénier abattue et honnie,*
     Tu la ressuscitas, le front paré de fleurs
Nouvelles : et tes chants, tes passions, tes pleurs
L'imposèrent au monde, illustre et rajeunie.

Les femmes, les amants, tout un siècle, ô génie !
Redirent tes soupirs, où s'épuraient les leurs,
Quand tu divinisais la vie et ses douleurs
En hymnes immortels d'amour et d'harmonie...

Et le poète est là, dans un froid jardinet
Sans Lac mélancolique où mirer le coup d'aile
Du grand cygne inspiré qui, jusqu'à Dieu, planait.

Et nulle sœur d'Elvire ici n'accourt, fidèle
Et triste. Et dans Paris, qui le laisse isolé,
Lamartine n'est plus qu'un sublime exilé.

ALFRED DE VIGNY

ALFRED DE VIGNY

VIGNY!... *Comme un soupir d'Eloa dans les cieux,*
Comme un écho venu des plus augustes cimes,
Ce nom, qui respira sur des lèvres sublimes,
A-t-il frappé vos cœurs, hommes insoucieux?

Ah! poète, plongeant, pur et mystérieux,
Ton génie à travers nos angoisses ultimes,
Tu les trempes d'un noble orgueil et nous intimes
Le silence, en réponse au silence des Dieux.

Mais qui donc t'a suivi, des races condamnées?
Seul dans ta Tour d'ivoire, aujourd'hui comme hier,
Vengeur des Chatterton, garde Les Destinées.

Ta gloire est dans l'oubli de la foule, Esprit fier,
Ame triste, immortel par le rêve et l'exemple,
Toi qui n'as pas de marbre et mérites un temple!

VICTOR HUGO

(Né à Besançon, en 1802, mort à Paris, en 1885).

—

THÉATRE FRANÇAIS. — Denys PUECH, Sculpteur.

VICTOR HUGO

IMMORTEL *créateur de rêves et d'images*
  Qui traduisis, sculptas, peignis, avec des mots,
Le ciel, la terre, tout, des rocs aux animaux,
Des mugissantes mers aux bois pleins de ramages;

Titan dressant du fond des Siècles dieux et mages,
Dans le rhythme enchâssant de fulgurants émaux,
Te penchant, fraternel, sur l'homme et sur ses maux,
La France doit t'offrir d'immuables hommages!

Et dans ce médaillon romantique, vivant
Comme aux soirs de combat d'Hernani, des Burgraves,
Apparaît le poète, à jamais triomphant.

Et ses vers éternels, ô Gloire, tu les graves,
Clamés par le théâtre, écho d'or et d'airain.
Et Victor Hugo règne, immense et souverain.

ALFRED DE MUSSET

(Né et mort à Paris, 1810-1857).

Cimetière du Père-Lachaise

ALFRED DE MUSSET

Toi dont Paris se fait comme un fils préféré
 Pour rappeler sa verve et sa jeunesse au monde;
Toi qui n'as qu'à souffrir pour qu'aussitôt réponde
Le génie à l'amour, dans ton cœur inspiré;

Enfant du Siècle, frère éblouissant malgré
L'ombre dont s'obscurcit parfois ta face blonde,
Tu chantes... Et ta voix renaît, triste et profonde,
Dans l'éternel soupir de ton saule éploré.

Et, tous, nous t'avons dû les beaux cris de notre âme
En murmurant tes vers sur le sein d'une femme,
A l'âge douloureux et divin du désir!

Et maintenant, Musset, que ta chair inquiète
Dort sous l'arbre si doux qu'il te plut de choisir,
Les Nuits pleurent tout bas leur immortel poète.

Denys PUECH,   Sculpteur.

LECONTE DE LISLE

(Né à l'île Bourbon, en 1818, mort à Paris, en 1894).

Leconte de Lisle

A Madame Leconte de Lisle.

Comme *un dieu solitaire et triste, le poète*
A vécu dans sa gloire, ignoré du passant.
Et maintenant il rêve, immortel et puissant,
Dans le marbre ennobli par sa beauté muette.

La foule vient, contemple et s'approche, indiscrète.
Mais la Muse qui, seule, inspirait son accent,
Fière, jalouse et chaste, à peine condescend
A l'hommage tardif du vulgaire, et l'arrête.

Élevant d'une main l'éternel laurier d'or,
Du geste elle défend, pieuse en son essor,
L'Ombre auguste, des vils encens et des vains zèles.

Et, vibrant des grands Vers qu'elle évoque, son corps,
Symbole du génie abrité sous ses ailes,
Est comme un temple antique aux sublimes accords.

BIBLIOTHÈQUE DE L'ARSENAL
(xviie et xviiie siècles)

JOSÉ-MARIA DE HEREDIA

A Madame J.-M. de Heredia.

Tu nous as rapporté de ton île éclatante,
    Chaud du sang du poète et du conquistador,
Le souffle qui te vint de Délos et d'Endor.
Et les Muses n'ont point trahi ta noble attente.

Héros, Nymphes ou Dieux que Vénus leurre et tente,
Songes doux comme un flot lumineux qui s'endort,
Tout ton vers, diamant serti de flamme et d'or,
Vibre de la splendeur de ton âme chantante.

Aux sources de beauté qu'il nous faut conquérir,
Dans les Permesses purs et les divins Alphées
Apollon t'a fait boire : et tu ne peux mourir.

Et pour jamais rayonne autour de tes Trophées
Le vert laurier qui sur ton rêve irradia,
Maître, ami glorieux, ô grand Heredia !

PLACE DE LA BASTILLE

PLACE DE LA BASTILLE

A Louis Puech,
Député de Paris.

LÀ, *les corbeaux flairaient la forteresse noire*
Et colossale, monstre embusqué sur Paris
Et qui dévorait tout de ses victimes : cris,
Larmes, droits et douleurs, tout, jusqu'à leur mémoire !

Ceints par l'eau des fossés d'une sinistre moire,
Où sont ces murs, ces tours? Le peuple les a pris;
Son souffle a jeté bas et rasé leurs débris,
En un farouche élan de révolte et de gloire.

Désormais, du haut bronze au vieux sol nivelé,
Plane un Génie ardent, irrésistible, ailé!
Il brandit sur le monde un flambeau qui pétille :

Et, fils d'un idéal toujours vrai, toujours pur,
Atteste, à travers l'ombre, ou l'orage, ou l'azur,
La Liberté victorieuse à la Bastille.

PASSAGE CHARLEMAGNE

(119, Rue Saint-Antoine).

PASSAGE CHARLEMAGNE

TOUT *près de son roi, messire Aubryot,*
   Pour le mieux garder lorsque Paris bouge,
S'en vint, Bourguignon à la face rouge,
Créneler sa tour et veiller de haut.

Les sergents du guet, casqués, l'œil ribaud,
L'escortaient, portant l'estoc et le vouge.
Du clerc au bourgeois, du palais au bouge,
Tous tremblaient devant le rude prévôt.

En son vieux logis deux cariatides
Naquirent plus tard, que l'on voit encor
Sourire à des murs branlants et fétides

Mais plus d'archer rogue au fond du décor.
La tour est déchue où, désert et sombre,
L'escalier à vis s'enfonce dans l'ombre.

LE FARDIER

LE FARDIER

LA côte est dure à prendre. Et le fardier s'arrête
   Tout craquant sous trois blocs de pierre, blancs et lourds.
Six percherons, trapus, poitrail large, reins courts,
Se campent dans les traits d'un élan qui s'apprête.

Sages et forts, pas n'est besoin qu'on les maltraite.
Rien qu'à la voix, d'un coup, ils démarrent toujours.
Et la roue, arrachée au sol, en des bruits sourds
Roule et du pavé rude écrase chaque arête.

Pleins de la même fougue, ils montent. Qu'ils sont beaux,
Tirant en file, éclaboussant la sombre rue
D'une lueur d'orage à leurs fers apparue!

Et, tandis qu'ardemment pétillent leurs sabots,
Sous le collier massif et l'épaisse avaloire
Ils semblent resplendir, eux qui mourront sans gloire.

LA RUE EGINHARD

La rue Eginhard

CHARLEMAGNE, *Eginhard, Saint-Paul :*
    Sous ces vieux noms de vieilles rues
Des maisons borgnes et ventrues
Se cramponnent encore au sol.

L'air calabrais, l'air espagnol,
Des femmes, dans l'ombre apparues,
Errent au seuil de ces verrues,
Un châle drapé sur le col.

Et l'on dirait des maugrabines,
N'était leur regard maternel
Pour les marmots et les bambines.

Et ce coin noir semble éternel
Resté là, sans que rien l'émeuve,
Loin du Paris qui fait peau neuve.

HÔTEL DE SENS
(xvᵉ siecle).
(Rue du Figuier).

L'HÔTEL DE SENS

TRISTAN DE SALLAZAR, *archevêque de Sens,*
  Fit ce logis, de pierre épaisse et résistante.
Et la reine Margot, impudique habitante,
Y vint user l'ardeur sénile de ses sens.

Puis encor? Les Ligueurs, aux cris retentissants;
Le coche de Lyon, à la roue éclatante;
Un boulet de Juillet perdu, comme en attente,
Dans la façade; enfin, de calmes commerçants.

Mais le porche à poterne et flanqué de tourelles,
Les hauts créneaux saillant du donjon, l'œil obscur
Des fenêtres à croix, inégales entre elles :

Tout garde un charme fruste, épars de mur en mur;
Et, sur un pan de ciel nuageux ou limpide,
L'hôtel de Sens découpe un relief intrépide.

HÔTEL SULLY
(62, Rue Saint-Antoine).
Jean Androuet du Cerceau, Architecte (1624).

L'Hôtel Sully

Sous l'Automne et l'Hiver, noble et comme pâli
  Dans son style à bossage, à lucarne, à console,
Cet hôtel, fastueux jusques à l'hyperbole,
Garde ton ombre illustre et grave, ô grand Sully!

Ici, pleurant ton roi, tu t'es enseveli
Dans le regret morose et que rien ne console.
Et la pierre, orgueilleuse et grise, est un symbole
Qui, de ta fierté morne, a pris l'âme et le pli.

Du vieux perron à sphinx on croit te voir encore,
Vieillard à barbe blanche et que l'âge décore,
Descendre plein de gloire, austère et compassé.

Mais tout cela n'est plus. Et, derrière ta porte
Où les quatre Éléments survivent au passé,
Paris te laisse seul avec l'histoire morte.

LA PLACE ROYALE
Actuellement Place des Vosges.

(Commencée en 1604, et bâtie sur l'emplacement de l'Hôtel des Tournelles. Henri III et IV.)

La Place Royale

A ma Mère,
en souvenir de son enfance.

Je connais une place, un peu déjà vieillie,
　Où d'un charme d'antan l'air demeure imprégné.
Rose et gris, ceint d'arceaux, de verdures baigné,
Son pourtour a l'aspect d'une claire abbaye.

Entre deux souvenirs, Ninon et Sévigné,
L'ombre de Louis treize y semble rajeunie.
Et là, dans sa maison, sacré par le génie,
Hugo reste immortel, mieux que s'il eût régné.

Sur les toits ardoisés, où leur rayon s'accoise,
L'aube comme autrefois ébauche un camaïeu,
La lune luit toujours en reflets de turquoise.

Rien ne paraît changé. Mais, l'âme de ce lieu?
L'âme française, vive, amoureuse et narquoise.
Qui jadis y chantait... si près de Richelieu.

LE MUSÉE CARNAVALET

(Statue de Louis XIV, par Antoine Coysevox).

LE MUSÉE CARNAVALET

A Paul Chautard,
Président du Conseil Municipal
et Député de Paris.

TON goût, Lescot, ton art nous sont bien parvenus
    Dans ces murs, dont nul pan, nulle pierre ne craque.
Venceslas, Trissotin, d'Urfé, l'infante Urraque,
Ici, du moindre écho, tous ces noms sont connus.

Autour du Roi plein de superbe élégiaque
Devant dix mascarons grimaçants et cornus,
Des vierges de Goujon, beaux rêves demi-nus,
Rajeunissent les vieux signes du Zodiaque.

Ah! quelle ombre apparaît, vit dans ce noble hôtel!
Est-ce vous, Sévigné, marquise épistolière,
Qui l'habitez encore, illustre et familière?

Sans doute. Mais, surtout, renaissant immortel
De son passé, phénix aux cendres symboliques,
C'est Paris, gardien de ses propres reliques.

HÔTEL HEROUËT

(XVᵉ siècle).

(Sis à l'angle des rues Vieille-du-Temple et des Francs-Bourgeois).

L'Hôtel Herouët

En ce vieux quartier du Marais
   Où le blason meurt sous l'enseigne,
Dans ta grâce d'un autre règne,
Beau logis, tu nous apparais.

Tu n'es point de ces fiers retraits
Qui semblent vouloir qu'on les craigne.
— Palais ne suis, maison ne daigne —
Nous dis-tu, d'un air sans apprêts.

Et nous admirons ta tourelle
Hardie et cependant si frêle.
Puis, dans l'ombre de ses barreaux,

On imagine un front d'ivoire,
Cheveux dorés sous la gravoire,
Rêvant d'un page ou d'un héros.

LES CHEVAUX DU SOLEIL

(Ancien Hôtel de Polans, Rue Vieille du Temple)

LES CHEVAUX DU SOLEIL

DANS *le rayonnement profond du jour levant*
Les Étalons divins qu'Apollon presse et guide,
Embrasant l'univers de leur beauté splendide
Sont apparus, crinière éblouissante au vent.

Tous quatre, Æthon, Pyrois, Eous, Phlegon, devant
Le char d'or hennissants, cabrés, l'œil intrépide,
S'élancent d'un galop fulgurant et rapide
Qui dévore la nuit comme un éclair vivant.

Ruisselants de lumière et nourris d'ambroisie,
La terre les admire et, d'extase saisie,
Offre à leurs bonds ardents son souriant réveil.

Soudain, leur présentant la conque de son fleuve,
Éphèbe glorieux et fort, Paris abreuve
Le quadrige indompté des Chevaux du Soleil.

LA FONTAINE DES HAUDRIETTES

Pierre-Philippe Mignot, Sculpteur (xviiie siècle).

La Fontaine des Haudriettes

A Pierre de Bouchaud.

AMOUREUX *de ta destinée*
Quel dieu t'embellit chastement,
Nymphe au corps fluide et coulant
Comme l'eau dont tu sembles née?

Si le zéphyr t'a lutinée
Parmi les roseaux s'emmêlant,
Ce fut d'un souffle si charmant
Que ta grâce en est affinée.

Et tandis que d'un air ami,
Fraîche Naïade des fontaines
Qui rêves sans doute d'Athènes,

Tu te retournes à demi
Pour voir Paris puiser ton onde,
Le soleil te fait toute blonde.

TOURS ET PORTAIL
de l'Hôtel d'Olivier de Clisson (XIVᵉ siècle).
(Rue des Archives).

L'Hôtel d'Olivier de Clisson

Or çà, que faites-vous encor dans ce dédale
    Où ruelle et pavé s'encombrent de charrois,
Belles tours, beau portail aux robustes parois
Qu'enlumine un blason de gloire féodale?

Olivier de Clisson, chevaliers, palefrois
Du vieux seuil rude ont fait résonner chaque dalle;
Et la servante y vient renouer sa sandale
Sans savoir que jadis il accueillait les rois.

Mais on dirait qu'au sol la pierre s'enracine
Comme pour repousser l'échoppe et l'officine
Qui rongent là, de mur en mur, l'ancien Paris.

Et laissant à leur gain brocanteurs et droguistes,
Tours et portail, frôlés par l'ombre des linguistes,
Vous gardez parchemins, chartes et manuscrits.

TOUR PHILIPPE-AUGUSTE

(Cette tour fait partie de l'enceinte construite vers 1190).

La Tour Philippe-Auguste

Tour qui survis au vainqueur de Bouvines
Et que Paris rapiéça bout par bout,
Demeure là, rajeunie et debout,
Tout en gardant la rouille des ruines.

Que de soleils, de neiges, de bruines
Ont patiné ta pierre où se résout
L'âme d'un temps rude, mais qu'on absout
De ses jours noirs par ses heures divines!

Si l'on t'enclave en un coin écarté
Toi qui, de loin, sur l'enceinte héroïque
T'arrondissais, droite en pleine clarté,

Qu'importe! Usés dans leur force archaïque
Tes vieux moellons n'en défendent pas moins
Huit siècles morts dont ils sont les témoins.

SAINT-MARTIN-DES-CHAMPS
Bibliothèque du Conservatoire des Arts-et-Métiers

(Ancien réfectoire du Prieuré de Saint-Martin-des-Champs).

Saint-Martin-des-Champs

VAUCANSON, laisse-nous en ce vieux prieuré
   Conquis par la machine et les mathématiques,
Laisse-nous goûter l'art des grands maçons mystiques
Qui, dans sa pierre vive, a jadis respiré.

Sur l'aile de leur rêve il a si bien vibré
Qu'il demeure la plus sublime des statiques :
De l'essor de la voûte aux fins piliers gothiques
Comme tout, hardiment, s'élance, équilibré !

Et c'est la haute nef où, faisant maigre chère,
Les moines admiraient les fruits peints sur la chaire.
Et le silence ajoute à sa légèreté.

Or, supplantant l'antiphonaire et l'eucologe,
Un livre de science, en l'ombre feuilleté,
Frissonne au timbre lent et lointain de l'horloge.

LES HALLES

Les Halles

L'AUBE luit sur la haute arcade métallique
  Où s'engouffrent, par tas, poissons, viandes et fleurs.
En un fourmillement d'odeurs et de couleurs
L'enchère éclate, court de l'offre à la réplique.

Des mangeurs d'arlequins la horde famélique
Rôde. La France entière est là, dans ses primeurs.
Tout un peuple, marchands, maraîchers, arrimeurs,
Se rue à l'œuvre énorme et pantagruélique.

Feutres gris, solennels sur le crâne des Forts ;
Quolibets, ricochant de poissarde à commère ;
Brouhaha, d'où pétille une gaîté sommaire !

Et l'on entend grouiller, ventre enflé jusqu'aux bords,
Ventre de goinfre et de gourmet, ventre à fringales,
Paris, ogre aux aguets sur le carreau des Halles.

LA FONTAINE DES INNOCENTS

(1550)

La Fontaine des Innocents

LE vieux charnier plein d'ossements est aboli.
  Un jardin y verdoie, où la douce fontaine
Que Jean Goujon sculpta, qu'eût enviée Athène
Et qui charmait les morts, triomphe de l'oubli.

Sur la pierre, un sourire, une attitude, un pli :
Et chaque Nymphe, longue, et flexible, et lointaine,
En un subtil accord de lumière incertaine,
D'ombre indécise, épand son urne, au bord poli.

Divine sœur, Vénus, de frise en frise, embrasse
Ce rêve de beauté, d'harmonie et de grâce.
La vasque, en un murmure heureux, verse ses flots.

Et le clair monument, symbole d'une race
Dressé par le génie au seuil du noir enclos,
Semble un chef-d'œuvre grec dans notre France éclos.

LA TOUR DE JEAN-SANS-PEUR

La Tour de Jean-sans-Peur

Et les comtes d'Artois et les ducs de Bourgogne
    Et Charles-Quint, jadis, sur ce mur dévasté
Gravèrent leurs blasons; mais, seuls ont résisté
Le fil à plomb qui dresse et le rabot qui rogne.

Et maintenant, parmi la rumeur, la clarté
De Paris poursuivant son rêve et sa besogne :
Sous ses mâchicoulis, vieille qui se renfrogne
Et rumine d'anciens remords en aparté;

Portant, comme un stigmate infligé par l'histoire
A la force, à l'orgueil qui brillèrent céans,
Le nom du meurtrier de Louis d'Orléans;

Vide et sombre en son coin, proscrite de la gloire,
Même quand le soleil rit à ses trous béants
La Tour de Jean-sans-Peur reste sinistre et noire.

LA PORTE SAINT-DENIS

(Construite en 1672, après la Campagne de Hollande).

La Porte Saint-Denis

CARREZ-VOUS, *grands piédroits, tympans sculptés, attique*
   Élevés à Louis, conquérant souverain,
Beaux attributs guerriers, lions au noble crin,
Et vous, soldats du roi, cuirassés à l'antique!

Et l'on voit le vainqueur du bon peuple marin
D'un fleuve illustre oser le passage emphatique,
Tandis que sous ta gloire, ô fastueux portique,
Une femme s'attriste à côté du vieux Rhin.

C'est la Hollande, alors hospitalière et libre,
Qui, douloureuse, ô pierre adulatrice, vibre
Plus que ta force et ton orgueil d'art rehaussés.

Et si riche qu'y soit l'allégorie incluse,
En cet arc triomphal manque la simple écluse
Par où, vengeurs, les flots de la mer sont passés.

ANCIENNE PORTE ET RUE MONTMARTRE

Ancienne Porte et Rue Montmartre

A Léopold Bellan,
Syndic du Conseil Municipal.

Qu'il vienne du Congo, de Chine ou d'Amérique,
   Tout homme, dans Paris, connaît ce vieux chemin
Tracé, dallé, foulé par le soldat romain
Et qui reste à jamais une rue historique.

Sa porte féodale, image d'or, s'imbrique
Au mur d'angle et, de là, voit le tumulte humain
Passer; tandis que, prompt, des journaux plein la main,
Le camelot s'élance en hurlant sa rubrique.

Il semble, ici, que le repos n'existe pas,
Ni le silence, tant les innombrables pas
Qu'y fait sonner la vie en rompent l'équilibre.

Et même quand la nuit, dans les autres quartiers,
Endort les amoureux, les gueux et les rentiers,
De la rue au faubourg Montmartre, Paris vibre.

LE BOULEVARD

LE BOULEVARD

Sous *Charles cinq, fossé de vieille ville auguste,*
Puis comblé, puis couvert d'ombreuses frondaisons,
Grouillant, vaste, il serpente. Auprès de ses maisons
L'arbre le plus altier ne semble qu'un arbuste.

Gens flâneurs ou pressés, nul ne se tarabuste.
On passe. L'étranger, en toutes les saisons,
Respire ici l'oubli des plus beaux horizons.
Au seuil clair des cafés on cause et l'on déguste.

Un ruissellement riche et joyeux de clartés
Court dans chaque vitrine en feux diamantés.
L'ouvrier y coudoie aimablement le prince.

Et parmi des rumeurs, des rires, des jurons
Démarre un omnibus, dont le frein râpe et grince,
Au trot lourd et puissant de ses trois percherons.

WASHINGTON
(Né en Virginie, en 1732, mort en 1799).

Fʀᴇɴᴄʜ, Sculpteur.

WASHINGTON

Toi qui tiras l'épée en citoyen, et non
En despote, il n'est point d'âme virile et juste
Qui n'admire ton œuvre où se fonde et s'ajuste
Le destin d'un grand peuple illustré par ton nom.

Toujours égal à toi-même, sous le canon,
Au congrès, dans la gloire, et sublimement fruste,
Tu sers la Liberté, puis tu la rends auguste,
Et tu meurs pur, dans ta ferme de Mont-Vernon.

Le roi de France et le colon de Virginie
Ayant armé le droit contre la tyrannie,
Paris, ô Washington, devait s'en souvenir!

Et désormais, sur les deux bords de l'Atlantique,
Cincinnatus moderne, et digne de l'antique,
Ton image immortelle enseigne l'avenir.

LE PARC MONCEAU

LE PARC MONCEAU

Issu *de la futaie orgueilleuse et déserte*
  S'épanouit un parc, riche et suave aux yeux,
Qui semble immense en ses détours capricieux
Et qu'égaie une foule élégante et diserte.

L'eau verdâtre, où se mire une ramure verte,
Réfléchit en silence, avec l'azur des cieux,
Colonne et chapiteau d'un gris délicieux
Ajourés en arcade au couchant grande ouverte.

Une amoureuse y rêve, en lisant Maupassant.
Par les beaux soirs d'été, perlant sa sérénade,
Le rossignol, dans l'ombre, y ravit le passant.

Et, soit que le matin dore la Colonnade,
Soit que le crépuscule en estompe l'arceau,
On voit Paris heureux flirter au Parc Monceau.

ANCIEN MANOIR DES SEIGNEURS DE CLIGNANCOURT

(Sis à l'angle de la rue des Mont-Cenis et de la rue Marcadet)

ANCIEN MANOIR

DES SEIGNEURS DE CLIGNANCOURT

EN cette gentilhommière
    Les seigneurs de Clignancourt
Se plurent, loin de la Cour,
A lutiner la fermière.

Mais plus de rose trémière
Festonnant portail et cour.
Le toit verdit, bas et court,
Sans une fleur coutumière.

Et la tourelle en arrêt
Se rencogne en cabaret
D'un bon air vieillot et noble.

Boit-on dans ses murs étroits
L'or de ton dernier vignoble,
O joyeux cru montmartrois?

SAINT–PIERRE–DE–MONTMARTRE
(XIIe siècle).

SAINT-PIERRE-DE-MONTMARTRE

A Jehan Rictus.

L'ÉGLISE *abbatiale, héritière des Dieux,*
   Commémorant Denis, Éleuthère et Rustique,
Avant que de mourir comme le temple antique
Réchauffe sa ruine au soleil radieux.

A son cadran rouillé l'heure a tu ses adieux.
Près d'elle s'assoupit la ruelle rustique.
Son Calvaire agonise et, sur Paris sceptique,
Dresse en vain le Martyr miséricordieux.

Plein d'herbes et d'oubli, son cimetière cesse.
Seule avec ses tombeaux de meunier, de princesse,
Elle subit l'orgueil des dômes sybillins.

Ah! si du moins tournaient encor les vieux moulins!
Mais elle n'entend plus ronronner leur antenne...
Et dans son ombre vide erre une âme lointaine.

LE MOULIN DE LA GALETTE

Le Moulin de la Galette

A A. Willette.

Vieux mur, recoin, verger, cahute
Où le soleil dore un haillon,
En pente folle, en raidillon,
Tout Montmartre grimpe ou culbute.

Jadis s'est posé sur la Butte,
Comme un étrange papillon
L'aile prise dans un rayon,
Un vrai moulin où l'on... chahute.

Oui. Mais ne t'effarouche pas,
Car ici l'amour danse encore,
Et sois clémente, ô Terpsichore,

Quand gaîment y font un faux pas
Les héroïnes de Willette :
C'est le Moulin de la Galette.

LE TOMBEAU D'HÉLOÏSE ET D'ABAILARD

(Cimetière du Père Lachaise.)

Le Tombeau d'Héloïse et d'Abailard

Ici dort Abailard... Invincible et charmant,
Son génie embrasa l'obscure scholastique.
Ses lèvres ont connu l'ivresse frénétique
Du baiser. Mais quel deuil, ô douloureux amant!

Ici dort Héloïse... Oraison ni cantique
N'ont triomphé de son voluptueux tourment.
Elle aima tout entière et mourut en aimant,
Rose chaude d'amour en l'ombre monastique.

Puis, lorsqu'elle s'en vint dormir avec l'époux,
Il entr'ouvrit ses bras, nous dit le Moyen-Age,
Pour l'étreindre d'un geste éternellement doux.

Et, tandis qu'auprès d'eux, comme en pélerinage,
L'âme des purs amants s'inspire et se complaît,
Leur unique tombeau reste leur Paraclet.

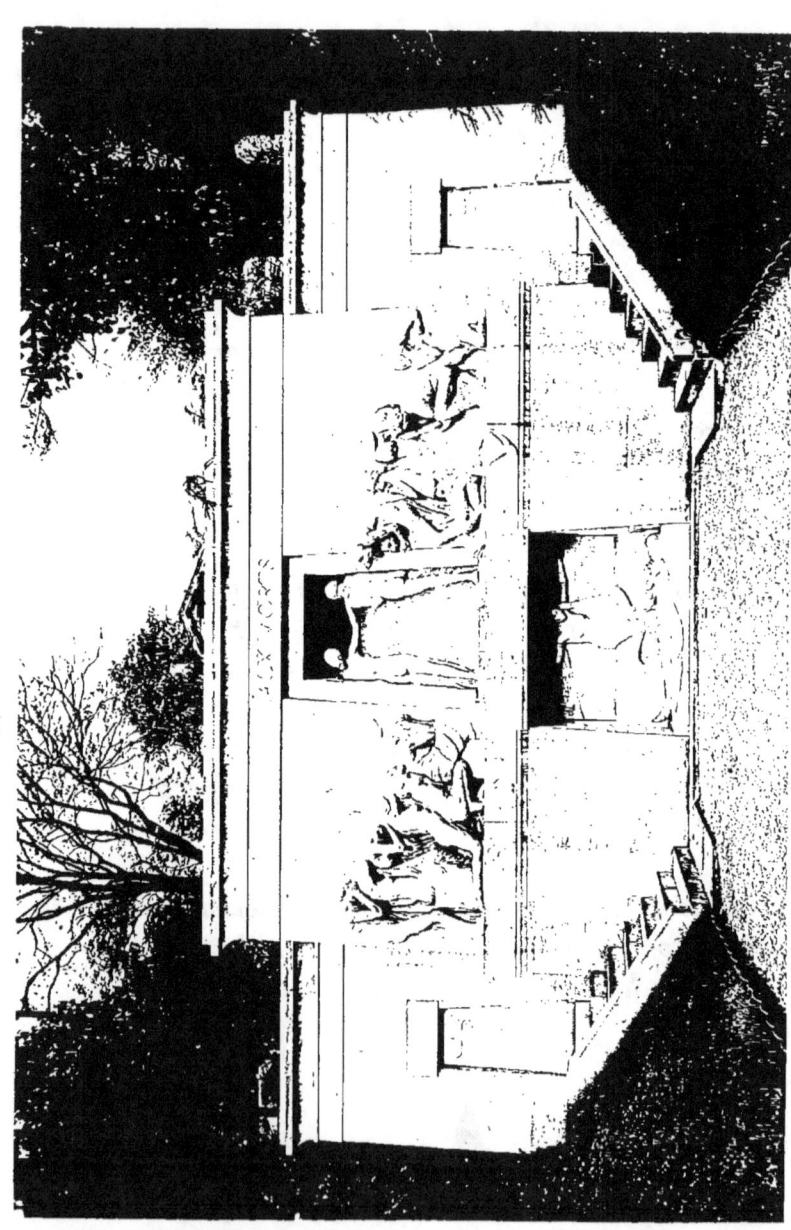

LE MONUMENT AUX MORTS

(Cimetière du Père-Lachaise).

Albert BARTHOLOMÉ, Sculpteur

LE MONUMENT AUX MORTS

A Albert Bartholomé.

HOMME, voici l'universel destin. Muré
   Par la mort, il te hante, il aspire ta vie;
Que vers la joie ou la douleur elle dévie
Tu peux dire : — Où ceux-là passent, je passerai.

Nul rêve, nul blasphème et nul Dies Iræ
N'ont jamais eu, pleurant sur l'âme inassouvie
Quand la chère douceur du jour nous est ravie,
L'accent plus fraternel et plus désespéré.

Ce beau couple d'amants qui disparaît... cette ombre
De vierge s'écartant du seuil terrible et sombre
Pour encore sourire au soleil... ces époux...

— O leur baiser suprême, évanoui sous terre!...
Ces êtres nus, sans noms, qu'on sent gémir, ... c'est nous
Dans l'épouvantement de l'éternel mystère.

LE CIMETIÈRE DU PÈRE-LACHAISE

Le Cimetière du Père-Lachaise

Le *Mur des Fédérés*, là, dresse sa hantise,
Tombe anonyme. Ici, la richesse et l'orgueil
Croient, dans un mausolée, oublier le cercueil.
Sur la calme hauteur la mort s'idéalise.

Au loin, fournaise immense et que la vie attise,
Paris... Il chante, il peine et, mêlant gloire et deuil,
Amoncelle sans peur jusqu'au funèbre seuil
L'usine, la maison, le palais et l'église.

Comme la mer déferle avec mugissement,
Il roule son tumulte et son rayonnement.
Sur ses monts, tour à tour, le soleil se balance.

Vienne le soir, joyeux, vibrant, pourpré, vermeil !
Sur la ville promise à l'éternel sommeil,
Profond, le cimetière élargit son silence.

LA RÉPUBLIQUE
(Place de la Nation).
Dalou, Sculpteur.

La République

Toi qui fus l'idéal de la France et du monde
Quand tu n'apparaissais qu'en des rêves proscrits,
Maintenant, la victoire au front, tu nous souris :
Et tout l'espoir humain sur ton règne se fonde.

Libératrice jeune et lumineuse, émonde
Comme un chêne encor noir de vieux rameaux pourris
L'avenir qui fleuronne à peine : et, sur Paris,
Fais que sa floraison croisse pure et profonde.

Calme et puissant, ton bras domine sans retour
Siècles, peuples et rois, d'un geste symbolique
Où luit ta force irrésistible, ô République!

Et pour qu'à tout jamais, chaud de gloire et d'amour,
Ton nom, dans l'univers, rayonne et retentisse,
Sois la Vertu, sois la Beauté, sois la Justice!

TABLE DES MATIÈRES

TABLE DES MATIÈRES

TABLE DES MATIÈRES

PHOTOGRAVURES

EXTRAITES

DES COLLECTIONS PHOTOGRAPHIQUES

DE

NEURDEIN FRÈRES

———— +•+ ————

ACHEVÉ D'IMPRIMER

LE VINGT CINQ DÉCEMBRE MIL NEUF CENT SIX

PAR

NEURDEIN FRÈRES

A PARIS

Neurdein Frères

ÉDITEURS

52, Avenue de Breteuil, 52

PARIS

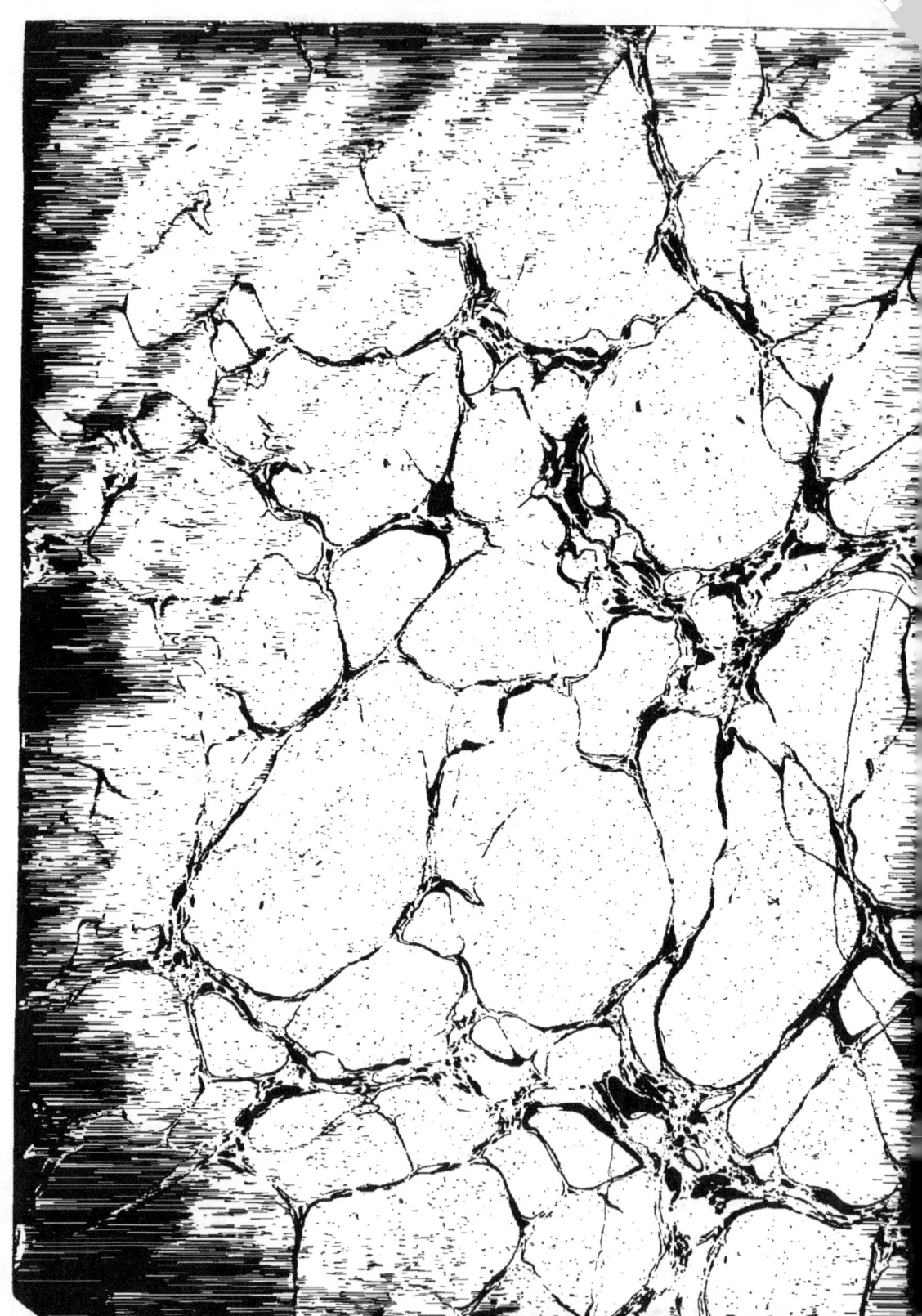

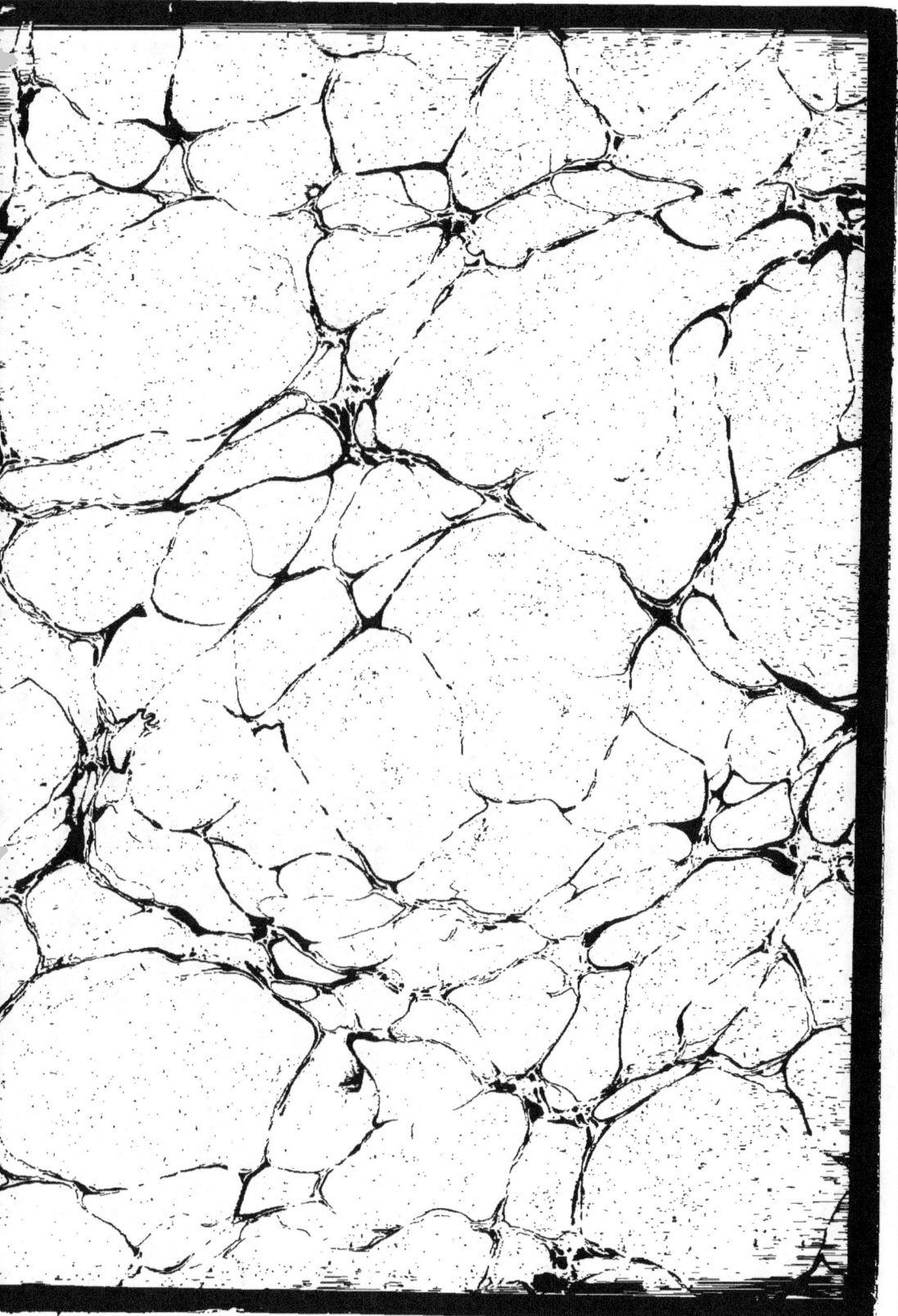